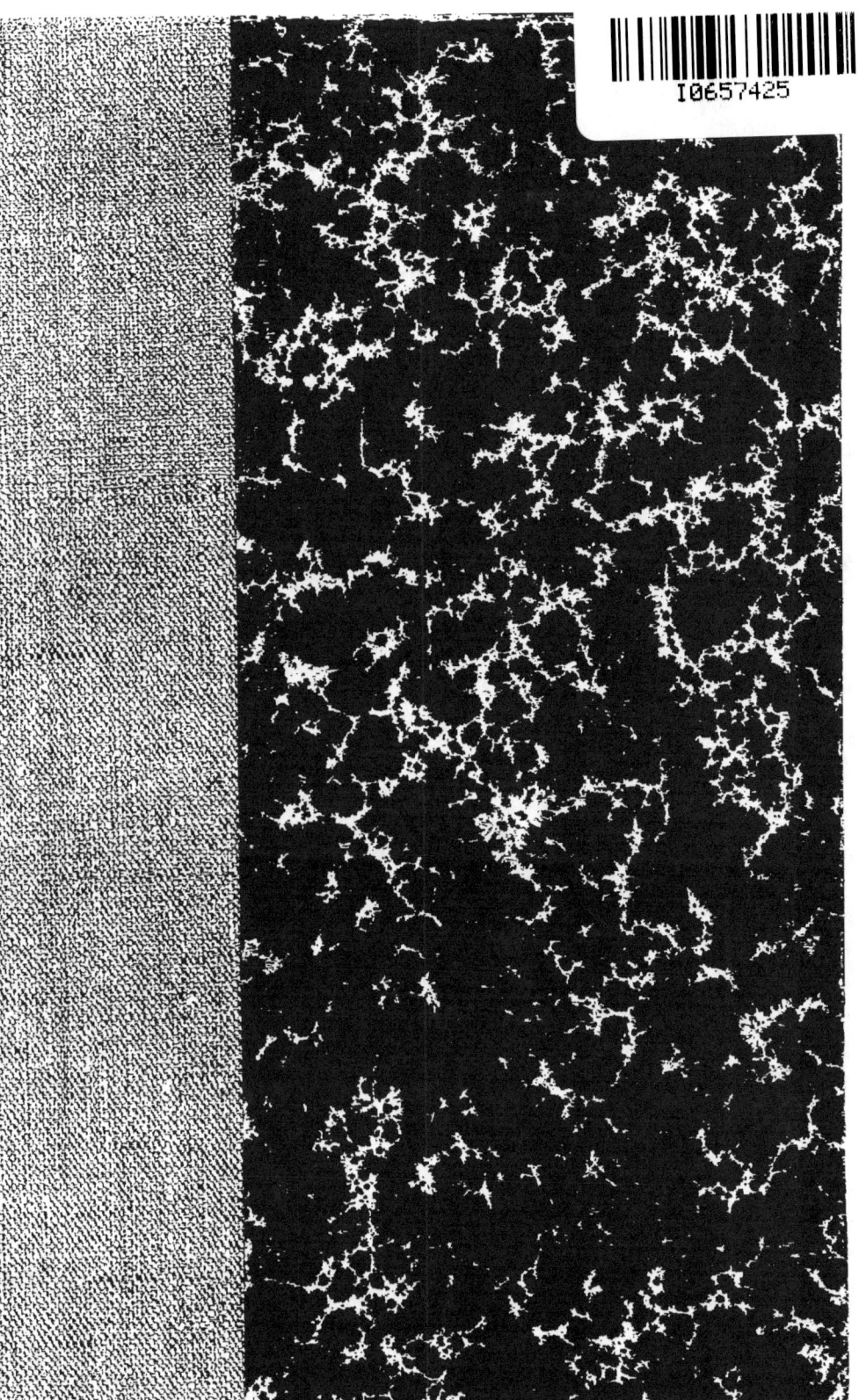

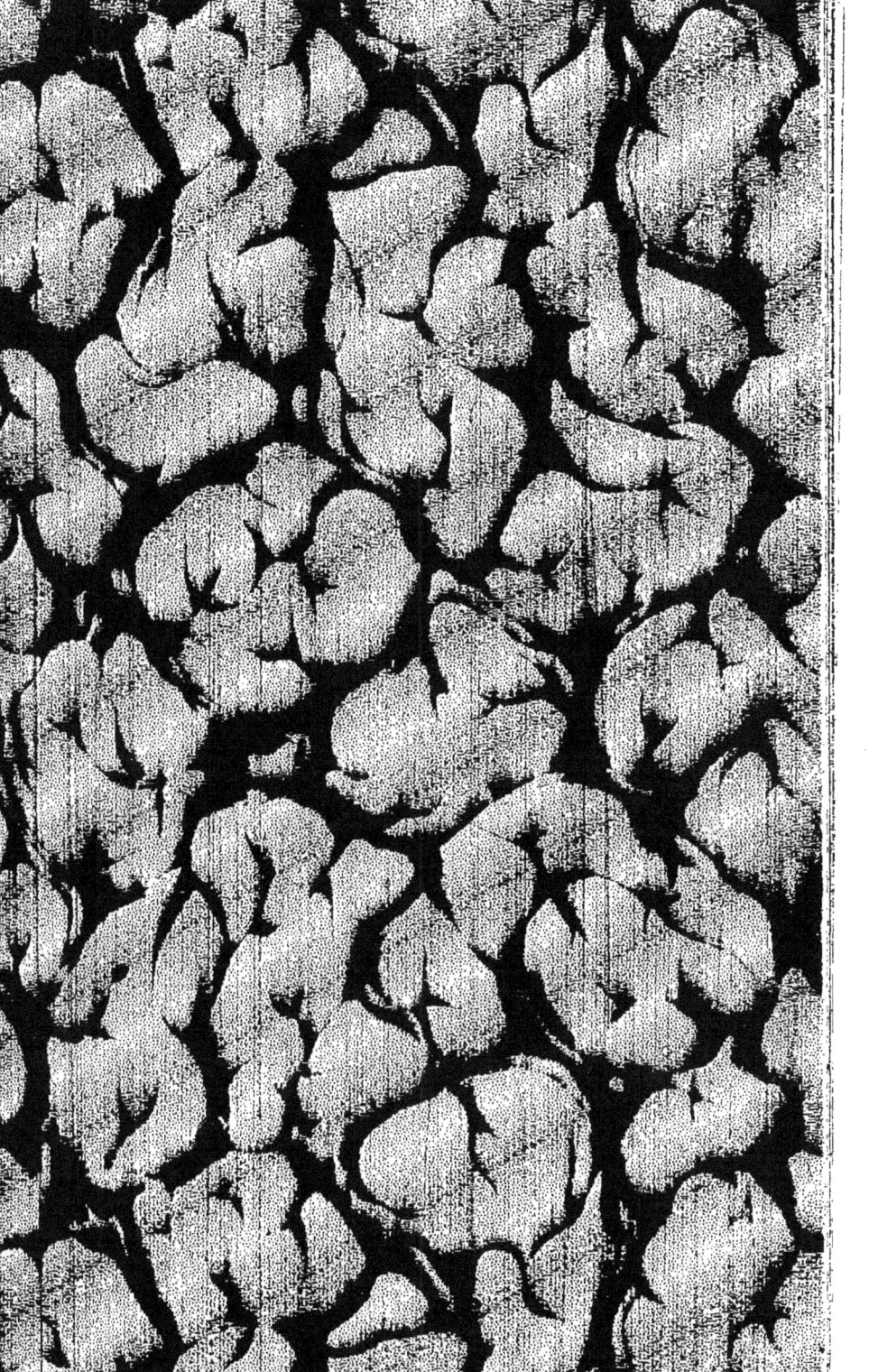

PRIX : **60** *centimes.*

BERT DE GINESTET

SOUVENIRS

D'UN

PRISONNIER DE GUERRE

EN ALLEMAGNE

S. — ERNEST FLAMMARION, ÉDITEUR, 26, RUE RACINE.

SOUVENIRS

D'UN

PRISONNIER DE GUERRE

EN ALLEMAGNE

ÉMILE COLIN — IMPRIMERIE DE LAGNY

SOUVENIRS

D'UN

PRISONNIER DE GUERRE

EN ALLEMAGNE

1870-71

PAR

C. HABERT DE GINESTET

PARIS

ERNEST FLAMMARION, ÉDITEUR

26, RUE RACINE, PRÈS L'ODÉON

[949]

A MON FILS

Tu seras soldat un jour, mon cher enfant, — tout Français doit l'être, — toi plus que tout autre, fils d'une race de militaires. Quand tu seras homme, peut-être ne serai-je plus, moi (1). C'est pourquoi je rassemble et jette sur le papier ces souvenirs d'une glorieuse captivité, qui semblent intéresser ta jeune intelligence. Dans cette terrible guerre de 1870, nous avons pu être vaincus sous

(1) M. Habert de Ginestet est, en effet, mort il y a huit ans, au début d'une exploration dans les territoires contestés de la Guyane.

cette lourde invasion germanique, qui se rua sur nous comme une marée montante et sans cesse renouvelée. L'histoire sait quelle fut notre résistance... Je vais te dire, moi, comment les Teutons entendent la générosité, après la victoire : VÆ VICTIS !

SOUVENIRS

D'UN

PRISONNIER DE GUERRE

EN ALLEMAGNE

I

COURCELLES

Le 18 juillet 1870, un immense frémissement parcourut toute la France : la guerre
était déclarée à la Prusse. Le 21 juillet, je
signais, à la mairie de Blois, ma feuille
d'engagement volontaire pour la durée de
la guerre. J'ai l'honneur de porter le n° 1er
pour les engagés du département de Loir-
et-Cher. Sur ma demande, je fus incor-
poré au 25e régiment de ligne. J'avais

choisi ce régiment, afin de me trouver sous les ordres du chef de bataillon Téraire, ami et ancien camarade de collège de mon père. Ce brave officier ne me servit pas longtemps de protecteur : il fut tué le 16 août, à la sanglante bataille de Gravelotte.

Un précédent engagement de deux ans m'avait mis au fait du service militaire. Je n'étais donc pas un conscrit. Après quelques jours passés au dépôt, à Vannes, pour être habillé et apprendre le maniement du chassepot, je fus envoyé à Paris, aux bataillons actifs, cantonnés à la caserne du Prince-Eugène, et bientôt on nous embarquait pour Metz où nous arrivâmes dans la journée du 12 août. Nous faisions partie du 6e corps d'armée, commandé par le général Canrobert.

Il n'entre pas dans mon plan de retracer ici les glorieuses et terribles péripéties du siège de Metz. Il me suffira de dire qu'après avoir pris part aux terribles batailles de

Gravelotte, Saint-Privat, Mars-la-Tour, Ladonchamp, et à quantité de combats et d'engagements d'avant-poste, durant là période du siège, au point que le 25ᵉ de ligne était littéralement décimé, je me trouvai à la capitulation, sans autres blessures que quelques égratignures insignifiantes.

La capitulation !... Ce mot évoque en moi, après quinze ans, tous les désespoirs, toutes les rages, toutes les imprécations, toutes les révoltes, toutes les résolutions folles qu'il excita alors. Que de plans, que de projets de résistance à outrance furent élaborés durant quelques heures ! Je vois encore ce groupe d'officiers à l'air sombre, aux traits contractés par la fureur, réunis aux pieds de la statue de Fabert, à Metz ; un colonel haranguait la foule, mélangée de soldats de toutes armes et de Messins, qui se pressait haletante autour de lui.

— Donnez-nous à manger, criait-il aux Messins ; donnez à manger à ces soldats affamés qui jeûnent depuis un mois, et

nous nous enfermons dans Metz, nous refusons de nous rendre, nous nous défendons
de maison en maison, nous nous enseve-
lissons avec vous sous les ruines de la ville,
ou nous la sauvons !

Hélas ! hélas ! depuis longtemps les
pauvres gens n'avaient plus rien à donner.
C'en était fait ! Il fallait se rendre... Que
faire, affamés, affaiblis comme nous l'étions
tous ? Spectres vivants, qu'une marche de
quelques kilomètres, un effort d'une heure
eût anéantis ! Plus de chevaux, plus de mu-
lets pour traîner artillerie et matériel...
Depuis longtemps leurs carcasses déchar-
nées avaient été avidement dévorées. Depuis quinze jours nous vivions de feuilles
de betteraves crues, d'huile de colza, de
débris sans nom que nous avions mille
peines à nous procurer en infime quantité.
Depuis le commencement du siège, la privation de sel nous avait tous beaucoup fait
souffrir. La plupart des hommes n'avaient
pas de couvertures, et les pluies glaciales

de l'automne nous transperçaient continuellement, ajoutant les maladies à toutes
nos autres misères... La rage, la honte au
cœur, nous obéîmes en silence au colonel
qui, en pleurant de colère impuissante,
nous engageait à rejoindre chacun notre
corps, et, le lendemain, nous nous trouvions parqués dans les champs de Courcelles.

J'ai la satisfaction de pouvoir dire haute-
ment que la Prusse, au moins, ne put faire
trophée des dépouilles du 25e de ligne, pas
plus que de celles de tant d'autres régiments : fusils, sabres, revolvers d'officiers,
tambours, clairons, tout fut brisé, mutilé
et jeté dans un petit affluent de la Moselle
— la Seille, je crois, — sur lequel on passa
pour se rendre à la place de Metz. Le dra-
peau, tout troué par les balles, fut détruit,
et nous arrivâmes les mains vides à l'Arse-
nal, où devaient être déposées les armes.

J'ai nommé Courcelles, de lugubre mémoire. Qui ne se souvient des récits qui

furent faits alors sur le séjour de l'armée
prisonnière dans ces champs de douleurs?
Aucun de ces récits n'a pu être exagéré.
Moi, comme tant de milliers d'autres, j'ai
passé là trois jours qui compteront parmi
les plus atroces. Dans ces immenses
plaines de terrains défoncés par le piétinement d'une multitude d'hommes, sous
une pluie battante et continue, nous enfoncions littéralement jusqu'aux genoux
dans une boue liquide et noirâtre. Sans
sacs, sans couvertures, la plus grande
partie sans tentes — j'étais de ce nombre,
— nous demeurions serrés les uns contre
les autres, grelottants de fièvre et de faim,
les yeux perdus par la fumée des misérables feux de bois vert que nous essayions de faire flamber, et qui, entre la
boue du sol et la pluie du ciel, ne produisaient qu'une nuée lourde et suffocante
qui venait ajouter à nos autres souffrances.
Combien moururent là misérablement,
durant ces trois jours de supplice sans

nom ! Chaque matin, après ces interminables nuits diluviennes de fin d'octobre,
nos regards farouches parcouraient le cercle
étroit d'hommes faméliques — ou plutôt
de spectres — parqués autour de soi, et
s'arrêtaient sur des faces verdâtres, immobiles et contractées par les affres de la mort,
déjà à demi ensevelies dans la boue...

Et, tandis que nous agonisions dans ce
cloaque, nous pouvions voir, autour du
camp, les feux de bois sec des postes prussiens, qui nous gardaient en chantant et en
festoyant, abrités sous nos propres tentes !
Oh ! qui fût venu alors nous proposer ce
dont on parla tant durant les heures qui
précédèrent la capitulation, de faire une
trouée, coûte que coûte, à travers les lignes
prussiennes, pour gagner la frontière,
nous eût enlevés tous d'un seul élan, malgré notre affaiblissement et notre dénue-
ment absolu. On se fût battu des pieds, des
poings, des dents, avec rage, avec furie,
follement ; car, chez beaucoup d'entre nous,

les hallucinations de la faim, de la misère, de la fièvre, du désespoir commençaient déjà à se manifester...

Ce ne fut que le second jour de ce supplice, infligé d'un cœur léger par les vainqueurs, à ceux qui les avaient fièrement combattus durant six semaines, presque toujours victorieusement, et qu'une monstrueuse trahison, seule, leur livrait pieds et poings liés, que nous reçûmes des rations de vivres. Chez beaucoup d'entre nous, ces vivres, sur lesquels on se jeta avec avidité, provoquèrent des souffrances d'un autre genre. Nos estomacs, débilités par un trop long jeûne, ne pouvaient supporter les aliments trop lourds qui nous furent donnés.

Enfin, le troisième jour au soir, 1er novembre, lorsque le courage, qui avait jusque-là soutenu ma vigoureuse nature, allait m'abandonner, et que, comme tant d'autres pauvres camarades, je pensais m'ensevelir cette nuit-là pour toujours dans la boue sinistre de Courcelles, je me trouvai englobé dans un détachement de prisonniers qu'on dirigeait sur l'Allemagne.

Nous fûmes enfermés à Courcelles, près de la gare, dans une grande pièce qui devait être une salle de danse. Exténués, nous nous étendîmes avec délices sur les banquettes et sur le parquet même. Pour nous qui, depuis près de deux mois, n'avions eu pour couche que la terre nue, sous la tente, avec les étoiles pour couvertures, le fait seul d'avoir sous soi un plancher sec et un toit sur la tête était déjà un luxe inespéré.

Il faisait chaud, dans cette salle éclairée ; des femmes compatissantes, des Françaises, qui ne l'étaient déjà plus, de par le crime de Bazaine, vinrent avec des paniers remplis de provisions et de vêtements. L'une nous offrait du bouillon, du vin chaud, du tabac ; l'autre arrachait de nos membres, engourdis et gonflés par le froid et un long séjour dans l'eau et la boue, nos guêtres et nos souliers, et nous les rempla-

çaient par de bons chaussons et des sabots secs et chauds ; l'autre nous donnait
une cravate, un fichu, un mouchoir, ou
seulement une bonne parole d'encourage-
ment et de sympathie ; plusieurs parvinrent à déguiser quelques-uns d'entre
nous et à les aider à fuir. Une jeune fille
passa près de moi avec un panier dont elle
me montra furtivement le contenu : sous
quelques victuailles étaient cachés des
effets... Je compris et me soulevai de mon
siège pour essayer, soit de me glisser dehors derrière elle, soit de me dissimuler
dans un groupe de femmes qui semblaient
se presser à dessein pour former un ri-
deau ; mais un horrible casque à pointe
surgit tout à coup ; les femmes se disper-
sèrent dans la salle, distribuant ostensiblement les vivres et les secours, et je
retombai tristement sur ma couche. L'occasion était perdue : elle ne se représenta
pas, pour moi, du moins. Mais je ne saurais dire avec quel sentiment mélangé de

bonheur et d'envie je pus voir, du coin de
l'œil, un artilleur se travestir, accroupi
derrière quelques femmes, puis, profitant
de sa jeune figure imberbe, se mêler un
instant à elles et se glisser vers la porte
sans être remarqué des sentinelles prussiennes. J'écoutais avec anxiété si quelques
coups de feu n'allaient pas accueillir sa
sortie ; mais tout resta calme, et j'aime à
espérer qu'il put gagner la frontière du
Luxembourg.

Cette nuit de repos, dans une chaude
atmosphère et après un bon repas, compte
pour moi comme un moment d'accalmie
après l'horreur d'une tempête. Engourdi
dans une somnolence, participant à la fois
du bien-être et de la faiblesse ; heureux de
ne plus sentir ces affreux tiraillements d'un
estomac criant famine, d'avoir chaud, d'être
au sec ; oubliant, pour l'instant, tout ce qui
n'était pas la vie animale, je reposai un peu
mon pauvre corps exténué.

Le réveil fut triste. Le son lugubre des

affreux clairons prussiens, le hachement
guttural du jargon exécré de nos gardiens
nous rappelèrent bien vite à la terrible
réalité. Un sombre ciel de novembre ajou-
tait encore son voile noir à ce tableau déso-
lant. On nous entassa dans des voitures de
troisième et quatrième classe, dans des
fourgons, des écuries, des wagons à bœufs,
et en route pour l'inconnu... Personne
d'entre nous ne savait où il allait atterrir,
ce qu'il allait devenir, ce qu'on allait faire
de lui... Une légende circulait pourtant
tout bas. Quelques officiers supérieurs
avaient dit aux troupes, lors des prélimi-
naires de la capitulation, que l'armée française ne serait pas prisonnière ; que la
Prusse, d'après une convention stipulée
d'avance, se bornerait à la désarmer, puis
à la faire transporter, soit dans le midi de
la France, soit dans un lieu d'internement
ultérieurement choisi, avec condition
qu'elle ne reprendrait pas les armes durant
un certain temps.

Fut-ce un bien, fut-ce un mal d'avoir imaginé cette fable ? Elle contribua puissamment à contenir le sourd esprit de révolte et d'indignation qui remplit nos cœurs à l'idée de la capitulation indigne qu'on nous demandait, car beaucoup se promettaient de ne pas tenir compte de cette condition : ne plus porter les armes pour la défense de notre sol contre l'invasion germanique. Il est hors de doute que si l'armée eût connu le sort qui lui était réservé, les choses ne se fussent pas passées ainsi avec ces vieilles troupes aguerries, l'élite de nos forces militaires. De folles entreprises eussent été tentées... Aussi eut-on bien soin de nous séparer de nos officiers et de mêler les corps, de façon à ce qu'il n'y eût plus d'homogénéité.

II

Le train, surchargé, marchait lentement.
Les voies étaient en fort mauvais état ; à
certains endroits, les Français ayant fait
sauter les ouvrages d'art, elles avaient été
réparées à la hâte et provisoirement, et je
ne sais comment tout ne s'effondrait pas.
Nous souffrions beaucoup : la nourriture
qui nous avait été donnée depuis deux
jours était trop lourde pour nos pauvres
corps affaiblis, et la réaction était terrible.
Entassés, serrés les uns contre les autres
dans ces wagons ouverts à tous les vents,
nous nous tordions dans d'atroces souffrances, sans pouvoir trouver une malheu-

reuse place pour reposer nos têtes. Certains, insensibles à tout, s'étendaient sur le plancher, sous les pieds de leurs compagnons, masses inertes et à demi mortes.

A Forbach, durant l'arrêt du train, un homme, à l'air digne et respectable, monta dans notre wagon et, un carnet à la main, nous demanda à tous notre nom et l'adresse de nos parents, afin de leur écrire de notre part. Grâces soient rendues à ce philanthrope : c'est à lui que nos malheureux parents, torturés d'inquiétudes depuis le commencement du siège de Metz, durent tout au moins de savoir que leurs enfants n'avaient pas péri, comme tant d'autres, dans ces grandes hécatombes humaines. J'ai toujours regretté de ne pas savoir le nom de cet homme, car je l'eusse gravé dans ma mémoire avec reconnaissance.

Le lendemain, vers midi, nous descendions de chemin de fer à Francfort-sur-le-Mein. Nous fûmes conduits, sous bonne

escorte, dans un grand bâtiment qui
devait être un hôpital. Là, tout au moins,
nous n'eûmes pas à nous plaindre. La population, se souvenant sans doute du temps
où, elle aussi, était citoyenne d'une ville
libre, et où le lourd talon de la Prusse
envahissante était venu peser sur elle,
nous semblait plutôt compatissante qu'hos-
tile ; pas de huées, pas d'insultes, pas de
mépris comme nous eûmes à en subir
ailleurs. Nous fûmes traités comme des
malades, — nous l'étions réellement. —
Nous eûmes des lits, bonheur inappré-
ciable ; des femmes du dehors nous faisaient notre ordinaire, grossier, mais suffisant. Enfin, sauf la liberté de sortir de
la cour, nous étions aussi bien que des
prisonniers pouvaient l'espérer, car, nous
le savions maintenant : nous étions bel et
bien prisonniers pour tout le temps que
dureraient encore les hostilités.

Notre inquiétude était immense : ce fut
à Francfort seulement que nous apprîmes

la funeste bataille de Sedan et ses conséquences : le siège de Paris, l'envahisse-
ment du centre de la France, les batailles
autour d'Orléans. Tout cela, à Metz, avait
été plutôt pressenti que connu, et, devant
l'absence de nouvelles certaines, on s'était
souvent leurré d'illusions. Elles n'étaient
plus possibles maintenant, bien que nous
ne voulussions pas ajouter une foi absolue
à ces funestes nouvelles, données par les
vainqueurs ; mais ce que nous venions de
voir à Metz nous laissait tout craindre
pour notre malheureux pays, privé, dès
maintenant, de troupes aguerries.

Pour mon compte, j'étais au désespoir.
Je voyais les hordes prussiennes faire
irruption dans nos riches contrées de la
Loire et mettre tout au pillage..... Qu'était
devenu mon père, déjà souffrant quelque
temps avant mon départ? Mon frère, un
peu plus jeune que moi, s'était-il engagé
aussi?... Où pouvait-il être? Le département de Loir-et-Cher était envahi : on se

battait à Coulmiers, à Villorceau, à
Lorges, à Josnes, etc., tous les pays autour de chez nous, à quelques lieues,
quelques kilomètres même ;..... quelles
étaient les conséquences matérielles de
tous ces combats ? Peut-être ne restait-il
plus pierre sur pierre de la maison pater-
nelle.... Cette absence de nouvelles, dans
des circonstances semblables, est un des
plus atroces supplices que l'on puisse imaginer. Je n'osais pas écrire, préférant
encore l'incertitude où j'étais à une certi-
tude qui m'eût enlevé toute illusion. Puis,
comment écrire? Ma lettre parviendrait-
elle jamais, au milieu du bouleversement
et du désarroi où tout service devait être ?
Où pourrait-on me répondre, d'ailleurs?
Notre séjour à Francfort n'était que tem-
poraire, et nous devions, d'un jour à
l'autre, être dirigés Dieu sait où..... Nous
demeurions des demi-journées entières,
couchés tristement sur nos lits, à songer
avec découragement. Le vieil esprit gau-

lois était éteint en nous. Grâce à Dieu, il
n'était pas mort, et il revint plus tard,
nous aidant à supporter toutes les misères
d'une longue et rude captivité.

Nous demeurâmes à Francfort une quinzaine de jours, durant lesquels nous nous
rétablîmes de nos fatigues. C'était fort à
propos, car l'hiver venait, s'annonçant ce
qu'il fut : très rude, — et nous apprîmes
bientôt que nous allions être envoyés
beaucoup plus loin, à Stettin, à l'embouchure de l'Oder. Les femmes qui nous
soignaient et les plantons qui nous gardaient nous faisaient un triste tableau de
ce pays.

— Froid, froid, gros froid ! nous répé-
taient-ils en secouant la tête d'un air de
commisération et en regardant nos pauvres
uniformes usés.

Je l'ai dit et me plais à le répéter : là
nous fûmes bien traités et nous voyions
quelque sympathie pour nos infortunes.
Bien que la race teutonne soit essentielle-

ment hypocrite, ces témoignages n'en étaient pas moins appréciés par nous. Le Français est expansif par nature et a besoin de laisser voir au dehors sa peine ou son plaisir. C'est une grande privation pour lui quand il est forcé de renfermer ses impressions et qu'il ne voit autour de lui que des visages indifférents ou hostiles.

Le 16 novembre, autant que je puis me le rappeler, — la date exacte importe peu, — nous quittâmes Francfort à destination de Stettin. Quel long et fatigant voyage ! Nous fîmes ce millier de kilomètres sans descendre de chemin de fer, autrement que quelques instants dans les gares, où notre train s'arrêtait parfois plusieurs heures, soit pour laisser passer d'autres trains, soit pour attendre que quelque officier ou sous-officier prussien, à l'air rogue, vînt nous inspecter.

Chaudement enveloppés dans leurs grandes capotes, les mains couvertes de bons gants fourrés, ils venaient parader devant nous, comme des dindons qui font la roue, prenant un air méprisant et dédaigneux, traînant derrière eux leur grand diable de sabre, dans lequel, parfois, ils s'empêtraient en montant ou descendant les marche-pieds de nos wagons.

Je me suis souvent demandé quel attrait les soldats prussiens trouvent à traîner ainsi derrière eux, tout au bout de leurs longues courroies, ces sabres au fourreau de métal, produisant sur le pavé un insupportable bruit de ferraille. Est-ce pour se donner l'air plus redoutable ? est-ce pour faire les jolis cœurs devant les femmes ? est-ce pour narguer les philistins ? est-ce pour s'amuser eux-mêmes comme un enfant traînant un jouet sonore ? est-ce pour annoncer leur arrivée, afin qu'on se tienne prêt à les recevoir avec tous les honneurs qu'on leur doit ? Toujours est-il que j'ai vu quantité de sabres dont la bouterolle d'acier était complètement usée à force de traîner sur les pavés.

Le service des chemins de fer étant encombré par l'immense quantité de prisonniers qu'on transportait dans toutes les directions, et par les troupes prussiennes qu'on expédiait continuellement sur le théâtre de la guerre, en France, hélas ! autour de Paris investi et sur les rives de la Loire, — nous ne marchions que fort lentement et nous avions fréquemment de longs arrêts. Nous étions brisés de fatigue, fourbus littéralement d'être toujours dans la même position, assis sur les banquettes et serrés les uns contre les autres, sans pouvoir allonger les jambes. Ce ne fut que le quatrième jour après notre départ de Francfort que nous arrivâmes à Stettin, harassés, rendus, grelottants. Il faisait un froid piquant, qui pénétrait jusqu'aux moelles nos pauvres corps insuffisamment couverts. Si nous avions eu seulement un lambeau de couverture !... mais, partis de Paris au mois d'août, cet inutile objet n'avait jamais été compris dans notre fourniment, et d'ailleurs, l'eussions-nous eu alors, il fût resté à Gravelotte avec nos sacs.

III

STETTIN

Du premier coup d'œil, nous nous rendîmes compte de l'hostilité de la population
stettinoise à notre égard. Nos figures hâves,
nos barbes longues, nos uniformes usés
leur prêtaient à rire ; on nous regardait
passer d'un air méprisant et arrogant, et
nous entendions bruire à nos oreilles des
paroles dont nous comprenions instinctivement le sens injurieux. Quel supplice !... après avoir donné son sang et sa
liberté, se voir ainsi traités par des vainqueurs sans générosité ! Sans aucun doute,
la population de Stettin voulait nous faire
payer les humiliations subies sous le règne

de Napoléon Ier, qui la tint sous son talon de 1806 à 1813. Ah ! nous payons cher aujourd'hui les gloires d'alors.

Nous fûmes conduits au fort Wilhelm, — un des nombreux forts qui défendent Stettin, — déjà bourré de prisonniers français. Nous étions là cinq mille environ, en chiffres ronds, logés dans des baraquements en brique. Ainsi qu'on le dit vulgairement, nous avions mangé notre pain blanc le premier, à Francfort ; plus de salles bien closes, plus de lits, plus d'ordinaire convenable. Nos baraques, aux murs fort minces, laissaient pénétrer le froid ; nos lits se composaient d'une simple paillasse et d'une couverture trop courte ; quand on s'en abritait les pieds, on avait la poitrine et les épaules découverts ; lorsque, au contraire, on la remontait jusqu'au menton, on avait les pieds à l'air. Ni draps, d'ailleurs, ni traversins ; ce dernier objet était remplacé par un billot qui relevait un peu la paillasse à la tête. On se couchait tout habillé, se bornant à ôter ses chaussures.

Quant à la nourriture, elle était exécrable, insuffisante et des plus grossières. Elle se composait, ou plutôt se décomposait, d'une sorte de bouillie à l'eau, que je ne puis mieux comparer qu'à la colle dont les peintres se servent pour enduire leurs papiers, avant de les appliquer sur les murs ; cette *colle* — nous avions ainsi baptisé cet horrible brouet noir — était sans doute faite de farine avariée, ou de balayures de greniers, car elle était d'une couleur gris-noir repoussante, saupoudrée de parcelles de son, comme un cataplasme, percée çà et là d'yeux graisseux, produits sans doute par un corps gras innommable. C'était tout ce qui composait notre déjeuner et notre souper, avec quelques tranches de cet horrible pain prussien, noir, lourd, compact, où il entre autant de son que de farine. A midi, pour varier, nous avions une ration de pois secs cuits à l'eau. Cette nourriture, qu'aurait refusée un chien de bonne

maison, nous était parcimonieusèment
distribuée. C'était un jeûne perpétuel,
tandis que nous voyions nos gardiens se
gorger de victuailles. Durant les huit mois
de ma captivité, je ne vis pas une seule
distribution de viande. Quant à la boisson,
il va sans dire que l'eau des puits en faisait
tous les frais ; là n'eût pas été le mal, car
les 18 ou 20 degrés de froid que nous subis-
sions ne provoquaient guère d'altération ;
mais c'est une honte pour une nation de ne
pas même donner une nourriture suffisante
à ceux qui ont succombé honorablement en
combattant. Que d'horreurs, d'ailleurs, que
de petitesses n'ai-je pas vues alors! Combien de fois n'avons-nous pas senti notre
sang bouillir de fureur devant les cruautés,
les infamies de nos geôliers !

La générosité est peu connue et encore
moins pratiquée chez la race teutonne; aussi
ne manquerai-je pas de signaler les rares
exemples que j'ai pu en voir, parmi les officiers prussiens à qui nous avons eu af-

faire. Il y a, chez la plupart de ces hommes casqués, bottés, éperonnés, gourmés, une morgue insupportable et une suffisance ridicule, et, parce qu'ils nous avaient écrasés *sous le nombre*, il semblait qu'ils eussent le droit de nous humilier et de nous broyer. Honte au vainqueur qui ne sait pas honorer le vaincu! En retraçant ici ces souvenirs déjà lointains, des bouffées de colère me montent au cerveau et je me demande quand viendra l'heure des représailles... Hélas! c'est ainsi que chaque génération prépare de sanglants héritages; ne nous disaient-ils pas, ces hypocrites Germains, qu'ils se vengaient sur nous des hontes, des humiliations subies sous le règne de Napoléon! Comme si 1813, 1814 et 1815 n'avaient pas suffi!

J'ai dit que nous étions environ cinq mille prisonniers au fort Wilhelm. Chaque jour on prenait parmi nous une certaine quantité d'hommes, qu'on divisait par piquets, et qui, sous la garde de quelques sol-

dats prussiens, étaient conduits au travail,
soit sur le port, soit dans les docks, soit
dans des magasins de Stettin. Là, il nous
fallait remuer de lourds fardeaux, charger
ou décharger des navires de charbon, ou
des barques pleines de poisson, embarquer
des caisses, des ballots, faire, en un mot,
un travail de débardeurs. On juge de ce
que devaient être ces corvées pour beaucoup
d'entre nous. Encore, si nous avions été
suffisamment nourris et vêtus ! A la guerre
comme à la guerre : on eût pris cela comme
une corvée hygiénique ; mais un estomac
à moitié vide et un corps frissonnant sous
les haillons, par un froid à geler les paroles
en l'air, ne sont guère propres au travail...
Et toujours ces horribles casques à pointe
étaient là, derrière nous, le fusil chargé et
la baïonnette au bout, criant : *Vorwarts !*
Vorwarts ! En avant, en avant !

Les bourrades, les coups de bottes, les
coups de crosse n'étaient pas ménagés à
l'occasion, surtout aux mobiles, pauvres

conscrits sans défense, forcément sans ini-
tiative. Les gamins de Stettin s'amassaient
sur notre passage — et Dieu sait ce qu'il y
en a de cette graine de Germains! — nous
jetant des pierres, des boules de neige, des
injures; les hommes ricanaient en fumant
leurs longues pipes.... et nous rentrions
harassés, les mains en sang, les pieds à
moitié gelés, pataugeant avec nos chaussures usées dans la neige boueuse, ne trouvant, au retour, que cette horrible colle
pour souper, et notre paillasse pleine de
vermine pour reposer nos membres glacés.

Il faut la robuste vitalité de la jeunesse
pour supporter tout cela. Combien moururent, cependant, combien succombèrent à
ce régime! Jamais la terre d'Allemagne ne
dira combien elle recèle de cadavres français. Les malheureux mobiles, notamment,
faisaient peine; pauvres garçons arrachés
brusquement, pour la plus grande partie,
du moins, à leurs champs, à leurs villages,

et jetés sans transition, sans instruction
militaire préalable, au milieu de cette vie
de luttes de tous genres, beaucoup se laissaient prendre par la nostalgie — ce mal
terrible — et, sans force pour réagir contre
toutes nos misères, mouraient tristement
sur cette terre étrangère.

Oh ! s'il est vrai qu'il sera tenu compte
là-haut, dans l'empyrée, des actes de chacun de nous, quel sera le châtiment de ceux
qui, d'un cœur léger, jettent ainsi les peuples les uns contre les autres, attisant les
haines de races, les mauvaises passions, les
mauvais instincts, faisant des bourreaux et
des victimes d'hommes qui ne se connais-
sent pas et n'auraient, sans eux, aucune
raison de se ruer l'un sur l'autre !...

Que le lecteur me pardonne cette philip-
pique ; mais, au souvenir des conséquences
dont cette guerre impie de 1870-71 fut le
sujet, toutes les révoltes, toutes les protes-
tations, tous les cris de rage que provoquèrent la captivité me remontent au cerveau.

Que de discours, que de projets, que de mo-
tions folles firent alors retentir les murs de
nos baraques! Que d'orateurs se dressè-
rent sur les grabats, électrisant toute la
chambrée sous leurs paroles puissantes,
convaincues, insensées!

Toute captivité implique inévitablement
l'idée d'évasion. Je ne faisais pas excep-
tion à la règle, et, depuis Courcelles, j'ébau-
chais des projets de fuite, je guettais une
occasion qui ne se présentait jamais.
N'étions-nous pas trop bien enfermés, gardés, surveillés, et surtout dépourvus de
tout, vêtements et argent? Comment
s'échapper de ce fort, où nous rencontrions
une sentinelle à chaque pas? Et en admet-
tant qu'on parvînt à en franchir les ouvrages extérieurs, ne tombait-on pas au milieu
de cette campagne poméranienne, dont
chaque habitant était un ennemi qui se
fût fait un devoir — bien mieux, un plaisir
— de nous remettre sous la main de nos
geôliers? Il eût fallu pouvoir s'échapper au

travail, lorsqu'on se trouvait sur le port.
Mais là, encore, était la difficulté : il était
impossible de nouer aucune intelligence
avec les quelques bateaux étrangers, nor-
végiens ou suédois pour la plupart, qui se
trouvaient sur l'Oder, car on ne savait jamais à l'avance où l'on nous mènerait travailler ; et tel qui pensait retourner sur le
port, où il croyait avoir une lueur d'espérance, était laissé au fort les jours suivants,
où emmené dans l'intérieur de Stettin,
chez quelque marchand de cuirs, de suifs
ou d'eaux-de-vie, remuer des ballots em-
pestés, ou rouler des barils de spiritueux

IV

SWINEMUNDE

Un jour, trois ou quatre semaines après
mon arrivée au fort Wilhelm, nous vîmes
un capitaine prussien qui, après avoir fait
l'appel de différentes sections de prisonniers
et s'être entretenu quelque temps avec les
autres officiers de la garnison de la forteresse, commença à inscrire sur son calepin
les noms d'un certain nombre d'entre nous.
Intrigué, je questionnai un sous-officier
allemand, qui parlait quelque peu français,
et j'appris alors qu'on choisissait une certaine quantité de prisonniers parmi ceux
qui se trouvaient dans tous les forts de
Stettin, — ceux notamment qu'on jugeait

en quelque sorte les plus mauvaises têtes,
— pour les envoyer dans une île de la mer
Baltique, à l'embouchure de l'Oder.

Ces deux mots : île et mer, me firent
bondir le cœur. Nous savions tous — je ne
puis dire comment, mais le fait est que nous
le savions — que la flotte française croisait dans la mer Baltique. Des idées d'évasion possible, certaine, même, affluèrent en
foule à mon esprit découragé. J'en fis part
rapidement à Blanchard, mon meilleur
camarade. Nous n'avions aucun scrupule
d'amour-propre déplacé, qui nous fît craindre d'être confondus, aux yeux des Prussiens, parmi les mauvaises têtes qu'ils voulaient éloigner, car, pour nous, ces mauvaises têtes étaient des gens de cœur, qui
supportaient impatiemment la captivité.

— Si nous demandions à partir dans
cette île ? dis-je tout bas à Blanchard.

— C'est une idée ! Que risquons-nous ?
Nous ne pouvons pas perdre au change.

Aussitôt dit, aussitôt fait. Je m'avançai,

la main au képi, vers le capitaine, qui continuait à inscrire des noms sur son calepin, sous la dictée d'un adjudant, et je lui présentai notre requête.

— Ah! me répondit-il en français, vous demandez à aller dans l'île de Swinemünde?

— Oui, capitaine. Nous désirons voir la mer que nous ne connaissons pas.

— Bien!... Votre nom?

Et, sans plus de formalités, il nous inscrivit, à notre tour.

Le départ était pour le lendemain. Nos apprêts n'étaient pas longs à faire : nous n'avions qu'à nous secouer, comme un chien qui sort de sa niche, et en route !

On nous entassa, au nombre de onze cents, sur deux petits vapeurs dans le genre de ceux qui font le trajet du Havre à Trouville. Il faisait un froid intense, pénétrant, qui nous glaçait jusqu'au cœur. Groupés, serrés sur le pont du petit navire, nous étions exposés au vent glacial du pôle, qui enfilait l'Oder, en retardant notre marche.

Parmi nous se trouvaient quelques tirail-
leurs algériens, des *turcos*, des *arbi*, comme
on les surnomme. Ces enfants du soleil et
des chauds horizons souffraient encore
plus que nous de cette température inclé-
mente. L'un d'eux, nommé Miloud, jeune
mulâtre de dix-huit ans, faillit succomber.
Ce froid terrible agissait si cruellement sur
le pauvre enfant, déjà fort éprouvé par la
captivité, que nous crûmes qu'il allait
mourir durant la traversée.

Etendu sur le pont, sous l'influence de
cet engourdissement invincible produit
par le froid, les yeux fermés, les lèvres
violettes, sa face brune couverte d'une
pâleur terreuse, il ne se fût certes pas ré-
veillé si quelques-uns d'entre nous ne lui
eussent porté de prompts secours. On le
secoua, on le frictionna, on suppléa du
mieux qu'on put à l'insuffisance de son
costume, approprié au pays où il eût dû
vivre, mais non à ces contrées maudites,
et, peu à peu, le sang reprit sa circulation,

et la vie revint dans ses immenses yeux noirs et mobiles... Mais quels regards désolés ces yeux jetaient sur les rives neigeuses et ternes qui formaient notre horizon !

Les rives de l'Oder, à son embouchure, sont rien moins que pittoresques. Aussi loin que le ciel gris, froid, brumeux pouvait nous permettre de plonger le regard, on n'apercevait que des plaines unies, basses, uniformes, couvertes d'un linceul de neige. Une sorte de sensation désolante nous envahissait malgré nous, à la vue de cette nature plongée, pour ainsi dire, dans l'engourdissement de la mort, et je compris alors ce spleen qui, dit-on, s'empare invinciblement des marins forcés d'hiverner dans les régions polaires.

Oh ! la triste chose qu'un hiver poméranien. Pas le plus faible rayon de soleil perçant cette épaisse calotte de plomb qui tient lieu de ciel ! Pas la plus mince éclaircie. Toujours ce même plafond blafard,

donnant un aspect lugubre à une nature
déjà ingrate par elle-même. En ce pays,
on perd tout espoir de jamais revoir cet
astre brillant qui vivifie tout, et l'on se
prend involontairement à penser au soleil
comme à un être bien-aimé que l'on a perdu
sans retour et dont on regrette, chaque
jour davantage, la radieuse présence.

Notre navigation ne fut pas très longue,
bien que les lames courtes qui nous venaient de la mer Baltique la rendissent
pénible pour beaucoup d'entre nous. Au
bout de quelques heures, après avoir laissé
sur notre droite un bras de l'Oder, divisé à
son embouchure par l'île de Woilin, nous
débarquions dans l'île même, au pied de la
citadelle qui devait nous servir de prison.

Cette forteresse prend le nom de la ville
de Swinemünde, située presque en face,
sur la rive gauche de l'embouchure de
l'Oder. Un chenal assez étroit sépare, à cet
endroit, l'île de la terre ferme.

Notre arrivée avait provoqué un grand

déploiement de forces : des troupes nous
attendaient sur le rivage, les armes chargées et formant la haie jusqu'aux baraquements où nous devions séjourner.

Ces baraques, élevées sur trois longues
lignes parallèles, se trouvaient absolument
sous le canon du fort, édifié lui-même
sur une hauteur, au bord de la mer, et
commandant l'embouchure du chenal.
C'était un souvenir et un legs des prisonniers autrichiens, pour qui elles avaient
été construites après Sadowa, en 1866.

Bâties en briques minces posées sur
champ, couvertes d'une toiture en toiles bi-
tumées, garnies d'un poêle pour lequel
nous n'avions que deux heures de combustible par vingt-quatre, nous souffrîmes là
d'un froid sibérien, qui, sous l'action du
vent du nord, nous arrivait en droite ligne
des glaces polaires, sans avoir pu se réchauffer sur aucune terre tempérée, venait
tapisser nos frêles demeures d'épaisses
couches de glace, se formant en plaques

sur les parois intérieures, et en longs stalactites pendant des plafonds. C'était, à
la lumière, d'un effet fort pittoresque, et
les *loustics* de la chambrée prétendaient
que nous pouvions nous figurer habiter
une grotte tapissée de diamants, ou le
palais d'Aladin ; mais c'était d'un effet déplorable pour la santé, et nous y gagnâmes
presque tous d'horribles ophtalmies et des
rhumatismes dont, pour mon compte par-
ticulier, je me ressentirai certainement
toute ma vie.

La seule précaution philanthropique
dont les architectes de ces baraquements
avaient fait preuve, avait été de les placer
dans l'enfoncement d'une carrière de sable
fin, ou sablon, dont l'escarpement, peu
élevé, nous abritait un peu du vent de la
mer. Mais ce vent, refoulé par l'obstacle que
la côte lui offrait, se ruait dans le chenal,
et, trouvant alors l'évasement du terrain
plat, tourbillonnait en rafales, qui venaient
ébranler nos maisons de carton.

En définitive, nous étions tout ce qu'on peut souhaiter de plus misérablement installés, et tandis que nous souffrions du froid, de la faim, des mauvais traitements, des privations de tous genres, les prisonniers prussiens étaient envoyés par la France dans notre colonie algérienne, où ils ne manquaient de rien, et où ils passaient l'hiver sous un climat privilégié, au milieu de cette splendide nature de l'Afrique septentrionale, sur les rives de la Méditerranée aux flots bleus et au ciel radieux.

Pour bien faire comprendre ce qui suivra, il me faut donner au lecteur une description, aussi succincte que possible, du lieu où nous nous trouvions.

J'ai déjà dit que nos baraquements se trouvaient construits dans l'enfoncement, à ciel ouvert, d'une carrière de sablon, dont l'exploitation continuait toujours, quand la saison le permettait. Nous nous trouvions ainsi dans une sorte de demi-lune, formant escarpement au nord et au nord-est, et de niveau avec les terrains adjacents, sur les autres points du compas. A l'ouest, l'Oder; à l'est, une forêt de sapins, se prolongeant, au nord, sur le rivage de la mer Baltique; au sud, la plaine unie. Comme clôture, autour de nos baraques, on avait planté une rangée de pieux, reliés ensemble par une corde, et dessinant une vaste cour elliptique, dans l'un des bouts de laquelle, au nord, se trouvaient le corps de garde prussien et la cantine.

Cette enceinte, purement morale et absolument dérisoire par elle-même, était affirmée d'une façon formidable par un cordon de sentinelles, placées à vingt pas l'une de l'autre, et veillant nuit et jour, l'arme chargée. De plus, les canons du fort, braqués sur les baraquements, et les prenant en écharpe, montraient orgueilleusement leurs gueules sombres, comme une perpétuelle menace de nous foudroyer à la moindre velléité de révolte. L'Oder, ou,

4

plutôt, un de ses bras, nous séparait, je
l'ai dit, de la ville de Swinemünde, où se
trouvait la caserne de l'infanterie chargée
de notre garde. La forteresse était occupée
par de l'artillerie et un peu de cavalerie.

Les communications, entre la ville et le
fort, se font au moyen de bateaux, l'été ;
l'hiver, l'Oder gèle et, peu de jours après
notre arrivée, le froid devint tellement intense que le fleuve servit de pont, et que
nous vîmes accourir, surtout les dimanches,
tous les badauds de Swinemünde, qui venaient se repaître de la vue des malheureux prisonniers que leur gracieux mo-
narque avait eu la gloire de capturer, par
la force invincible de ses armées et l'aide
toute-puissante du Très-Haut.

Ces imbéciles amenaient là leurs femmes
et leurs nichées de marmots blonds, et
s'ébaudissaient en voyant les richards
d'entre nous — je veux dire ceux qui
avaient quelque argent pour acheter du
tabac, — rouler et fumer des cigarettes,

chose inconnue à tous ces porte-pipes.

Ils étaient surtout très friands d'examiner les turcos, dont les faces noires, les yeux ardents, les mouvements félins, le costume exotique, et surtout la légende, en faisaient pour eux des espèces d'êtres à part, ayant quelque chose de fantastique.

Les sentinelles, et les officiers qui se promenaient souvent autour des baraquements, mettaient une sorte de coquetterie à nous exhiber aux yeux du beau sexe, et nous les voyions donner sur nous, pauvres hères déguenillés et faméliques, des explications détaillées, comme les cornacs d'une ménagerie débitant leur boniment au sujet des pauvres bêtes engourdies et phtisiques qu'ils montrent dans les foires. Misère de misère !... Se voir ainsi donné en spectacle, et entendre des ricanements, quand on s'est comporté comme nous l'avions fait !

Un de nos turcos montrait orgueilleusement, pour se venger, une oreille de Prussien, qu'il avait coupée sur le champ de bataille de Reichshoffen et qu'il conservait précieusement dans son porte-monnaie ; et, en étalant ce hideux trophée, il passait la main sur son cou, faisant comprendre qu'il avait occis, non seulement le possesseur de l'oreille, mais je ne sais combien d'autres Prussiens, en répétant, à chaque caresse qu'il se faisait sur l'occiput, cet affreux mot qui résonna si souvent à nos propres oreilles : *caput, caput !*

On ne nous avait pas trompés à Francfort, en nous prédisant que nous aurions fort à souffrir du froid en Poméranie. Le thermomètre, déjà bien bas à Stettin, descendit tellement et si brusquement à Swinemünde que l'Oder, en une seule nuit, se prit complètement, enserrant dans ses blocs de glace un navire anglais, *la Constance*, en train de faire un chargement de charbon, et qui dut attendre la débâcle jusqu'au mois d'avril, immobile et cloué sur place. Que de regards d'envie ne

jetâmes-nous pas sur ce bâtiment quand,
une fois dégagé, il se prépara au départ !
Combien d'entre nous avaient, durant
l'hiver, échafaudé des projets de fuite à son
endroit !...

Un seul, un sergent, ne répondit pas à
l'appel après le départ de *la Constance*...
Chacun, tout en enviant son sort, lui
souhaita mentalement un bon voyage.

Tous les trois jours, cent cinquante environ d'entre nous étaient commandés de
corvée pour aller au pain. C'était à Swinemünde qu'il fallait aller le chercher, sous
bonne escorte bien entendu. On traversait
l'Oder sur la glace, et, dans la ville, à la
porte du boulanger, nous attendions parfois deux heures la fin de la distribution.

Jamais je n'ai tant souffert du froid que
durant ces interminables stations. Les
pieds dans la neige avec nos chaussures
usées, le corps exposé au vent du Nord,
soufflant avec rage sous nos pauvres habits
en loques, immobiles à notre rang, à la

porte de cette boulangerie, nous sentions nos membres s'engourdir, notre sang se congeler; et lorsque, enfin, la distribution faite, il nous fallait emporter les dix ou douze boules informes et noires qu'on baptise : pain de munition en Prusse, nos mains engourdies, paralysées par le froid, nous refusaient leur service. Rien ne nous était donné pour emporter notre charge. C'était à nous de nous ingénier. L'un bouclait ses pains avec la courroie de son pantalon, l'autre prenait une corde ; ceux qui avaient des ceintures de flanelle les enroulaient dedans ; d'autres les mettaient simplement dans les pans de leur capote.

Et tandis que nous battions la semelle dans la rue, à la porte du *Bäcker* (boulanger), nos gardiens, bien couverts de leurs grosses et amples capotes, le cou entouré d'une cravate de laine, les mains enfoncées dans des gants fourrés, les pieds garantis du froid par de bonnes bottes à fortes semelles, montant sur le pantalon, allaient à tour de rôle se chauffer au fournil, ou se lubrifier le gosier chez le marchand de *schnaps*.

J'ai eu là les mains gelées et, de retour chez moi, durant sept ou huit hivers, la peau de mes doigts, aux premiers froids, craquait à chaque phalange comme un vieux parchemin et s'enlevait par grandes plaques, laissant à nu les chairs crevassées et saignantes.

Malgré nos misères, le vieil esprit gaulois, l'insouciance française ne perdaient pas leurs droits, et il nous arrivait souvent, en allant au pain, de chanter en chœur quelque gai refrain, autant pour narguer les curieux et leur montrer que nous savions supporter l'infortune, que pour rythmer notre marche. Mais un jour, au détour d'une rue, nous nous trouvâmes tout à coup nez à nez avec le commandant du fort, se promenant, sa femme au bras.

— Halte ! cria-t-il en français, qu'il parlait fort bien, quoique lentement, comme tous les étrangers.

Toute la colonne s'arrêta, tandis que les soldats prussiens se mettaient à la position, raides, immobiles, changés en statues.

— Vous faites beaucoup de bruit, nous dit le commandant. Si cela se représente encore, je vous mettrai en cellule. Je ne veux pas qu'on chante dans les rues.

Et, se tournant vers le sergent qui conduisait le détachement, il l'admonesta de verte façon.

Sans doute, il nous en voulait d'essayer d'oublier notre misère. A partir de ce moment, nos vainqueurs eurent la satisfaction de nous voir défiler silencieusement dans la neige, comme des bandes de véritables prisonniers que nous étions.

Nous n'avions garde de l'oublier, d'ailleurs, car, chaque matin, on nous faisait faire le cercle et le commandant nous lisait les articles du code militaire prussien concernant les prisonniers de guerre.

A chaque article, le mot *mort* revenait inévitablement, comme les répons d'une litanie :

— Désobéissance : *mort !*

— Refus au travail : *mort !*

— Insubordination : *mort !*

— Tentative d'évasion : *mort ! mort !*

Et toujours *mort !*

— Parbleu ! disaient beaucoup d'entre nous quand on rompait le cercle ; autant mourir tout de suite d'une balle conique dans la tête, que de se laisser languir à petit feu comme ces mangeurs de choucroute veulent nous le faire entendre.

Et chacun ruminait de plus belle un plan d'évasion...

V

Nous étions astreints à un certain travail. Quand la neige ne tombait pas et que l'insupportable vent du pôle ne soufflait pas avec trop de violence, nous devions travailler aux terrassements, aux fortifications ou ouvrages extérieurs encore inachevés de la forteresse.

Le travail était rude pour beaucoup d'entre nous. Piocher la terre durcie par la gelée, rouler la brouette sur les épaulements et les talus, transporter des pierres ou des blocs de terre dont le gel faisait des quartiers de roc écorchant nos mains à leurs aspérités, telle était la besogne.

Comme hygiène, c'était un exercice salutaire qui valait mieux pour la santé générale que de demeurer accroupis sur nos grabats, dans nos baraques sans feu, par un froid de 20 ou 25° au-dessous de zéro. Mais, affaiblis comme nous l'étions par de longues privations et une nourriture insuffisante, ce travail nous épuisait et, aiguisant encore inutilement notre appétit, devenait un supplice de plus ; car, lorsque, après avoir pioché, roulé, charrié la terre et les pierres sous les rudes morsures de la bise boréale, nous rentrions aux baraquements, nous ne trouvions, comme toujours, pour nous restaurer, que notre affreuse *colle*, où nageaient mélancoliquement quelques pois à peine étourdis par le court séjour qu'ils avaient fait sur le feu, et un morceau de pain littéralement noir, lourd, tassé comme du mastic et renfermant plus de gros son et de débris de paille que de farine. Quelle réfection après un travail de cheval, sous l'œil de nos argousins !

Quant au feu, nous n'avions, comme on sait, de combustible que pour deux ou trois heures par jour. On allumait le poêle vers onze heures ou midi, afin de procéder au blanchissage.

Beaucoup d'entre nous ne possédant que l'unique chemise qu'ils avaient sur le dos, — j'étais du nombre, — on se hâtait de faire chauffer de l'eau, de frotter son linge, avec ou sans savon, selon l'état de fortune de l'opérateur; on le tordait, puis on l'exposait autour du poêle. Ce linge mouillé absorbait la chaleur, et l'eau qu'il recelait se vaporisait en une buée épaisse qui, allant ajouter encore à la couche de glace tapissant les parois des baraques, s'y congelait en brillants stalactites.

Nous pouvions nous croire dans une de ces maisons de glace décrites par Jules Verne.

C'était du dernier pittoresque et il ne tenait qu'à nous de nous imaginer habiter une hutte de Lapons, d'Esquimaux ou de

Samoyèdes ; mais que Dieu préserve le lecteur de faire l'expérience de ce pittoresque !... Nous n'avions jamais assez de charbon pour arriver, dans une seule séance, à faire chauffer l'eau de neige, laver et sécher le linge, de sorte que, pour la plupart, nous remettions sur notre dos cette chemise tout humide encore.

Qu'on juge de l'effet produit... et pourtant, il fallait se livrer très souvent à cette opération, afin de nous débarrasser, en partie, de la vermine dont nous étions assaillis et qui, nichée dans les doublures, les coutures de nos haillons, dans l'épaisseur de notre couverture, dans la paille de nos grabats, nous dévorait littéralement, envahissant nos cheveux, notre barbe et jusqu'à nos sourcils.

Le blanchissage, quelque imparfait qu'il fût, nous soulageait, durant quelques instants, de ces insupportables parasites, des démangeaisons irritantes de ces hôtes horripilants auxquelles certaines peaux ne peuvent s'accoutumer.

Je reviens au travail, que j'ai abandonné pour me livrer à une utile digression, montrant une fois de plus dans quelle misère la Prusse nous laissa croupir, durant les longs mois de notre captivité. D'après le règlement, nous ne devions aller au travail que par une certaine température; c'est-à-dire lorsque le thermomètre ne descendait pas au-dessous de 5°. Or, nous pûmes nous convaincre qu'on ne se faisait pas faute d'oublier le règlement.

De plus, nous savions, par une voie détournée, que, dans d'autres lieux d'internement, on accordait une légère solde de travail, tandis qu'on ne nous octroyait pas un groschen.

Il n'en fallait pas tant pour monter des têtes déjà aigries d'avance par mille vexations, par la misère, le besoin, l'ennui, la nostalgie et tout ce que comporte une captivité indéfinie en pays inhospitalier, loin

des siens, sans nouvelles aucunes de tout ce
qu'on aime : une tombe où l'on est enterré
vivant ; en un mot : le *carcere duro*, moins
le calme de la cellule.

Une irritation sourde commença à fer-
menter parmi nous ; les récriminations
s'échappèrent de toutes les bouches ; des
orateurs improvisés prononcèrent des discours virulents, souvent interrompus par les
rondes de nos gardiens ; mais ces interrup-
tions ne faisaient que nous exciter davantage. On proposa même « d'enlever le *cor-
pral schlaff* (caporal sommeil) et les quatre
hommes de la ronde de patrouille, à leur
première apparition dans notre baraque,
de les désarmer, de les garrotter avec nos
mouchoirs, et, avec les cinq fusils chargés
et les cinq sabres que nous leur enlève-
rions, d'attaquer le poste.

Mais cette motion fut rejetée comme
folle. Ce n'était pas une échauffourée qu'il
fallait : c'était un refus, digne et sérieux, de
nous livrer à un travail de manœuvre sans

aucune rétribution pour récompenser nos fatigues.

Sans doute, si nous eussions pu espérer nous évader en masse, l'idée de nous jeter à l'improviste sur nos gardes, d'enlever le poste d'un coup de main favorisé par la surprise, de franchir coûte que coûte la ligne des factionnnaires, n'eût pas été mauvaise.

Avant que le fort fût averti de ce qui se serait passé, nous eussions pu être en grande partie hors de la portée de ses canons, éparpillés dans la forêt de pins ; puis : « on ne fait pas d'omelette sans casser d'œufs », et la liberté valait bien la peine de risquer quelques existences pour la conquérir.

Mais les Prussiens étaient bons geôliers et savaient bien ce qu'ils faisaient. Il était impossible, quant à présent du moins, de songer à une évasion ; enfermés que nous étions dans cette île à la ceinture de glaces et de récifs, battue par les lames furieuses de la mer Baltique, où, à cette époque, la tempête sévissait à l'état permanent, et sur les eaux sombres de laquelle nous n'apercevions pas une embarcation.

Il fut donc résolu à l'unanimité que nous nous refuserions purement et simplement à nous rendre au travail. Si l'on nous demandait des explications, nous en donnerions; sinon, nous nous laisserions passer par les armes, certains de la honte et de la réprobation universelles que s'attireraient nos bourreaux.

La soupe était si détestable le soir du jour où cela fut décidé; si farcie de petites bêtes noires et de cancrelats sortant des pois et de la farine avariés dont elle était composée, que, forts de ce surcroît de griefs, nous nous applaudîmes toute la nuit, en grelottant sur nos paillasses, de la résolution que nous avions prise.

Le lendemain, selon l'habitude, on nous réunit dans la cour pour nous conduire au travail... Mais lorsque le commandement :

Vorwarts ! se fit entendre, personne ne bougea.

Un second cri n'eut pas plus de résultat.

Chacun demeurait immobile, le petit doigt à la couture du pantalon, l'œil ferme et résolu, l'air calme et indifférent, bien que plus d'un cœur battît dans l'attente de ce qui allait se passer.

Une troisième sommation n'eut pas plus d'effet.

Alors, un des sergents qui nous commandaient, demanda en mauvais français si nous nous refusions au travail.

— Oui ! fut-il répondu purement et simplement.

— Vous savez que vous vous exposez à être fusillés ?

— Parfaitement. Que la Prusse nous fusille si bon lui semble. Nous refusons de travailler sans salaire.

Et tous, rompant nos rangs sans désordre, nous rentrâmes dans nos baraques.

Tout fut aussitôt sur pied. A travers les

étroites fenêtres, aux vitres gelées desquelles notre haleine nous ménageait un
petit trou, nous pûmes voir les allées et
venues effarées de toute notre garnison.
Les factionnaires furent doublés ; des es-
tafettes envoyées au fort et à Swinemünde.
Les rondes se multiplièrent ; et nous pouvions entendre le bruit des batteries de
fusils dont on renouvelait les cartouches.
Evidemment, notre rébellion allait recevoir
un châtiment exemplaire, et nous nous en-
courageâmes mutuellement à le supporter
dignement.

Cependant, le reste de la journée se
passa sans nouvel incident. L'appel eut
lieu, le soir, comme d'habitude, puis le
souper, l'extinction des feux. Nous nous
jetâmes sur nos paillasses, attendant, avec
une involontaire anxiété, bien que résolus,
le venue du jour. Nous n'ignorions pas à
quoi nous nous exposions, et nous étions
décidés à tout supporter plutôt que de
céder.

Pourtant, au réveil, nous pûmes constater que quelques mobiles semblaient faiblir. Ces pauvres garçons, enlevés brusquement à leurs travaux, à leurs villages, à leurs parents, pour être jetés sans préparation, sans transition, sans instruction préalable au milieu des horreurs d'une guerre implacable, n'avaient pas eu le temps de se former au métier. Beaucoup se sont montrés de vrais soldats et ont su faire leur apprentissage sous les balles ennemies, malgré tous les désavantages d'un armement inférieur. Mais la plupart de ceux qui étaient avec nous, à Swinemünde, faisant partie des mobiles du Gard, avaient été pris autour de Paris sans coup férir, pour ainsi dire, dès leur arrivée, et n'avaient pas eu le temps de se familiariser avec le dur métier du soldat en campagne. L'ennui, le chagrin, la nostalgie écrasaient ces pauvres gars timides, gauches, maladroits, effrayés doublement, fort souvent, des fanfaronnades prussiennes et des au-

daces de certains vieux soldats français
— des *brisquards*, — qui se faisaient un
malin plaisir de narguer nos *argousins* et
de stupéfier les *moblots*.

En un mot, pour tout dire, nous vîmes
qu'il fallait remonter le courage et la résolution d'une partie d'entre nous, et j'avoue
que, pour ma part, je m'y employai de tout
mon pouvoir. Mes deux camarades, Blanchard et Pontal, ne ménagèrent pas non
plus les harangues, et il fut juré que nous
ferions tous bonne contenance, en attendant ce qui allait se décider à notre égard.

Toute la nuit, nous avions pu entendre
les pas répétés des patrouilles, les *Wer
da?* des sentinelles et des rondes. Avant
que le jour blafard d'une matinée d'hiver
poméranien fût venu glisser sa teinte in-
décise dans notre sombre dortoir, nous
avions parfaitement saisi le bruit, assourdi
par la neige, de la marche d'une troupe
nombreuse, qui vint mettre l'arme au pied
dans l'enceinte même de nos baraquements.

— Attention! cela va chauffer, s'écria l'un de nous.

— Un peu de chaleur ne serait pas de refus, répondit un *loustic* en soufflant dans ses doigts gelés.

— Nous allons être fusillés, suggéra un mobile.

— C'est fort probable. Les règlements qu'on nous lit chaque matin sont formels. Nous ne péchons pas par ignorance.

— Après tout, autant vaut être passé par les armes une fois pour toutes que de languir, comme nous le faisons ici, pour je ne sais combien de temps encore.

— J'aurais pourtant été heureux de retourner chez nous dire que je ne suis pas mort, soupira un pauvre garçon, tout grelottant de fièvre sous sa couverture.

— Toi! moblot! tu recules.

— Écoutez donc! chacun pense à sa peau, et puisque les balles m'ont épargné...

— Camarades, s'écria un sergent, mon avis est qu'il ne faut violenter personne.

Hier, sous la première impression, tous
étaient décidés à la résistance ; on résistait
à l'unanimité : c'était fort bien... Ce matin,
la réaction inévitable à toute résolution
spontanée se produit et il y a détente chez
certains d'entre nous. Si vous m'en croyez,
nous irons aux voix pour savoir si, oui ou
non, nous devons continuer à refuser le
travail à nos ennemis. Si la majorité est
pour le refus, nous nous laisserons tous
tuer en chantant la *Marseillaise* jusqu'au
dernier ; si, au contraire, elle prétend qu'il
faut céder... alors... alors nous continue-
rons d'être ce que nous sommes, nous ré-
fugiant chacun dans nos rêves et nos projets d'évasion et de liberté...

— Aux voix ! aux voix, par main levée ou
baissée.

Des mains s'élevèrent ; d'autres, au contraire, s'enfouirent jusqu'au fin fond des
poches, ou allèrent se crisper furieusement
derrière le dos. On compta : une faible majorité, mais enfin une majorité qu'il fallait

respecter, décida qu'on devrait céder à nos geôliers...

Des larmes de rage, des trépignements de fureur, des jurements à décrocher le firmament, vinrent protester énergiquement, et il est presque certain que les choses allaient se gâter et qu'il aurait fallu procéder à un nouveau scrutin, sur lequel on ne se serait pas fait scrupule de peser dans le sens de la résistance, si la porte des baraques ne se fût ouverte tout à coup pour livrer passage à un piquet d'infanterie. Ordre nous fut intimé de défiler devant lui et de nous ranger dans la cour.

Un appareil menaçant se montra à nos yeux. Pour les mauvaises têtes et les meneurs, dont je me faisais honneur d'être, ce déploiement des forces de nos ennemis et vainqueurs aurait encore affirmé notre résistance, si elle eût faibli ; notre orgueil national était en quelque sorte flatté de voir que nos geôliers nous craignaient à ce point, tout désarmés et affaiblis que nous étions. Malheureusement, le système de terrorisation qu'employèrent les Prussiens en toutes circonstances, influe sur les masses, démoralisées d'avance par la conviction qu'on a affaire à un ennemi impitoyable et qui ne recule devant aucune extrémité.

Un régiment d'infanterie tout entier était massé dans la cour ; un cordon serré de sentinelles nous enserrait de toutes parts. Çà et là des piquets de cavalerie étaient postés pour soutenir l'infanterie, et le fort ouvrait sur nous les gueules noires de ses canons dans leurs embrasures, tandis que nous pouvions voir les artilleurs, debout à leurs pièces, la mèche allumée à la main.

Une colère sourde, folle, aveugle, s'empara de moi et un nuage passa devant mes yeux. Ce n'était plus de la guerre, cela, c'était de l'assassinat, froid, voulu, infâme, du massacre sanguinaire, et j'aurais voulu me précipiter sur ces lâches armés de toutes pièces, avec la seule force de mes bras affaiblis, pour me faire déchirer, écraser, hacher, afin d'infliger une honte éternelle à ces vainqueurs qui, reculant jusqu'aux coutumes des temps barbares du moyen âge, osaient ainsi braver toutes les lois de la guerre moderne...

Un commandement guttural se fit entendre. Les soldats chargèrent leurs armes; puis, à un second commandement, le premier rang mit un genou à terre, tandis que le troisième posait les canons des fusils sur les épaules du second rang... Un mot, un commandement, et nous roulions pêle-mêle, foudroyés, sous une décharge formidable à trente pas...

Nous étions immobiles au centre de ce mur de fer qui nous enserrait de toutes parts... On eût entendu une mouche voler à ce moment solennel... J'ai encore devant les yeux ce lugubre tableau parcimonieusement éclairé par un jour blafard. Un ciel bas, d'un gris noir uniforme, se confondant bien vite avec l'étroit horizon neigeux

qui fermait toute perspective ; un bruit
sourd, continu, cadencé comme celui du
balancier d'une insupportable horloge, nous
martelait les oreilles ; c'était le roulement
du ressac de la Baltique sur le rivage, et il
me semblait entendre le funèbre éboule-
ment des pelletées de terre jetées sur un
cercueil...

Le commandant de la garnison s'avança
alors dans l'espace laissé libre entre nous
et la troupe allemande.

— Vous avez refusé le travail hier, dit-il
en bon français ; vous allez vous y rendre
immédiatement, ou sinon, je commande le
feu, et pas un de vous ne sera vivant dans
cinq minutes.

Et, se reculant, il laissa la place aux
hommes qui devaient nous escorter au travail.

— *Vorwarts ! vorwarts !!* crièrent ceux-
ci.

— Aux voix ! aux voix ! crièrent à leur
tour les prisonniers.

Le moment était critique : nous savions que, parmi nous, se trouvaient de pauvres gens qui ne voulaient pas être assassinés. Ceux qui ne tenaient pas à leur peau n'avaient pas le droit de sacrifier celle des autres... D'un commun accord, nos rangs se dédoublèrent et formèrent deux lignes parallèles. On se compta : la majorité était encore pour la soumission...

Alors, vaincus une seconde fois, nous obéîmes à l'ordre et partîmes au travail, escortés par une force imposante. Le front soucieux, le cœur gonflé de colère, jamais la terre ne nous sembla aussi ingrate à remuer, et il se passa quelque temps avant que nous pardonnions à nos compagnons d'infortune la nouvelle humiliation que leur faiblesse nous avait fait imposer.

Cependant, notre révolte eut un résultat. Soit que les Prussiens en craignissent une nouvelle, et qu'ils réfléchissent sur l'opinion que la répression terrible dont ils nous avaient menacés donnerait d'eux aux autres

nations, soit qu'ils eussent la conscience
d'avoir outrepassé des ordres supérieurs
en nous faisant travailler par un froid trop
rigoureux, soit tout autre raison que j'i-
gnore, on ne parla plus de travail durant le
mois de janvier et une partie de février, et
ce ne fut guère que lorsqu'un timide soleil
essaya par-ci par-là de percer l'épaisse ca-
rapace de nuages gris qui nous cachait le
ciel, que nous reprîmes, — mais toujours
gratis, — la pelle, la pioche et la brouette
des terrassiers.

VI

ACCALMIE

Le froid devenait absolument insupportable ; le combustible continuait à manquer vingt ou vingt-deux heures sur vingt-quatre. La mauvaise nourriture, la malpropreté engendraient des maladies, qui faisaient de nombreux vides parmi nous. Pour ajouter à ce triste état de choses, nos argousins avaient bien soin de venir, presque chaque jour, nous annoncer quelque bonne nouvelle, à savoir : Les Prussiens avaient remporté une grande victoire... Orléans était pris et pillé... Le Mont-Valérien avait sauté... Paris avait capitulé et toute sa garnison était prisonnière comme les armées

de Sedan et de Metz... Les départements du
centre étaient envahis... La Normandie
était au pouvoir des troupes invincibles de
Sa Majesté Guillaume... etc., etc., etc.

Tout en faisant la part de la vantardise
et de l'exagération teutonnes, nous ne pouvions nous dissimuler qu'il devait y avoir
du vrai dans ces racontars, et nos pauvres
cœurs, déjà si endoloris, saignaient à nouveau à la pensée de nos désastres. Nous
pleurions des larmes de rage en pensant à
tant de sang répandu inutilement autour
de Metz, où la meilleure armée de la
France, composée de troupes aguerries,
avait été immobilisée, perdue, sacrifiée,
sans que les prodigieux efforts que nous
avions faits, les victoires, oui, les victoires,
— les grandes victoires, — victoires qui
avaient nom Borny, Gravelotte, Saint-Privat, eussent servi à autre chose qu'à prou-
ver que nous étions toujours les soldats d'Inkermann, d'Alma, de Malakoff, de
Magenta, de Solférino.

Luttes stériles, que ces combats sous les murs de Metz la Pucelle !... Nous avions vu le Prussien poser sa lourde botte sur ce sol imprégné de notre sang, et toute ma vie je me rappellerai le frémissement de fureur qui parcourut l'armée française à l'annonce de la capitulation.

Hélas ! où étions-nous maintenant ? où était l'intrépide armée de Sedan et toutes les troupes prises dans les différents combats qui avaient suivi l'effondrement de l'empire ?...

Nous nous rendions parfaitement compte que, puisque nous étions toujours prisonniers, c'était parce que la lutte continuait et, tout en étant fiers de voir la puissance de résistance de notre malheureux pays, nous frémissions à l'idée du résultat final. Oh ! cette incertitude ! combien elle était cruelle et que de victimes elle fit dans nos rangs !

Aussi, quelle joie, quel soulagement, quand les premières lettres du pays commencèrent à arriver. Nous n'avions écrit que par acquit de conscience, comme on lance un ballon d'essai, nous disant qu'au milieu du bouleversement général, nos pauvres misérables lettres de prisonniers, écrites sur toute espèce de papiers, non affranchies, ne parviendraient jamais à destination.... puis, combien d'entre nous, ayant fait partie de l'armée de Metz, n'avaient pu correspondre avec les parents depuis le mois d'août? Qu'était-il survenu au pays natal depuis six mois?...

Les lettres reçues disaient fort peu de chose sur les événements et les faits de la guerre ; nous avons toujours soupçonné la poste prussienne d'avoir intercepté celles qui pouvaient être trop explicites. Puis, nos correspondants, se doutant que beaucoup de lettres seraient ouvertes, étaient, en général, fort prudents ; mais nous étions heureux quand même. Pour mon compte, j'appris avec un véritable soulagement que les miens vivaient encore, bien que la guerre eût lourdement pesé sur eux. Mon frère, marin, faisait partie de l'escadre de la mer Baltique... Mon cœur battit à cette nouvelle, que je communiquai bien vite aux camarades.

Il y avait donc des Français sur cette mer aux flots sombres, dont nous entendions perpétuellement le mugissement... Peut-être était-ce pour tenter une descente, pour faire une diversion, et voilà pourquoi nous étions si étroitement gardés et surveillés ?... Sans doute la Prusse craignait qu'à un moment donné, les Français, faisant inopinément une descente sur un point quelconque du littoral, appelassent à eux les prisonniers disséminés sur différents points des côtes. Alors, nous berçant de ces chimères, nous eûmes quelques jours d'espoir et, les yeux fixés sur l'horizon, interrogeant les profondeurs du brouillard, tendant l'oreille au moindre bruit, nous espérions toujours voir surgir le pavillon tricolore et entendre le roulement des bordées... Espoir déçu, comme tant d'autres ;

la mer et le brouillard gardèrent leur implacable indifférence, et aucun canon français ne vint réveiller les échos des côtes
inhospitalières où nous languissions.

Quelques-unes des lettres reçues annon-
çaient de petits envois d'argent. Les uns
parvinrent ; beaucoup plus ne parvinrent
jamais... C'est une petitesse à ajouter à
toutes celles dont la Prusse se rendit cou-
pable durant cette guerre, que le détourne-
ment des malheureuses sommes envoyées
par des parents dévoués à leurs enfants
manquant de tout, et qui eussent permis
d'ajouter un peu, — non pas de superflu —
mais de nécessaire aux privations et à
l'insuffisance prolongées.

Ceux qui eurent la chance de recevoir
quelques pièces de cent sous partagèrent
d'ailleurs fraternellement avec ceux qui
n'avaient rien, et, de temps en temps, il y
eut une journée où l'on mangea à peu près
à sa faim ; mais qu'elles furent rares, ces
journées, durant les huit mois de notre exil !

Le froid, amassé et condensé, pour ainsi dire, devenait insupportable; nos habits, déjà si endommagés par le rude service qu'ils avaient fait, tombaient en lambeaux; nos souliers ne nous tenaient plus aux pieds. De temps en temps, pour

Réparer du temps l'irréparable outrage,

d'aucuns d'entre nous, pourvus de quelques aiguilles et de quelques pelotons de fil, — derniers restes de la trousse du soldat, — s'escrimaient à faire les ravaudeurs. Pour ce faire, on restait au lit, et l'on s'enveloppait, qui le buste, qui les jambes, avec la couverture, selon qu'on avait à raccommoder la capote ou... l'*inexpressible*, comme dit la pudique Albion.

Un de nous, ancien tailleur, confectionnait, par-ci par-là, des pantalons avec les toiles des tentes de ceux qui avaient eu la chance de conserver leurs effets de campement. Ce n'était pas chaud, un pantalon de toile; par vingt ou vingt-cinq degrés de

froid; mais les richards qui purent s'en
payer les passaient sur leurs vieux pantalons de drap percés et s'en trouvaient bien
quand même.

Ma position de fortune ne me permit jamais d'en faire l'expérience ; tout ce que je
pus m'offrir, bien plus tard, ce fut une
paire de guêtres marron, taillées dans une
vieille veste de hussard, et qui me rendit
l'immense service d'interrompre la désa-
gréable solution de continuité qui existait
entre mes *godillots* effondrés et mon pantalon effiloqué, laissant à nu mes chevilles
sans chaussettes. Il y avait beau temps que
mes guêtres de cuir d'ordonnance s'en
étaient allées en morceaux, rongées par la
neige. D'ailleurs, l'ordonnance, en tout,
n'était plus qu'un souvenir. Nous étions
presque tous affublés d'uniformes plus ou
moins lugubrement fantaisistes, composés, hélas ! au hasard, et dus, la plupart
du temps, aux dépouilles des champs de
bataille.

Malgré nos misères, malgré les heures
de désespérance, le vieux caractère gaulois
surnageait toujours, et les baraques présentaient souvent un tableau animé et pittoresque. On organisait des parties de
cartes, — quelques jeux égarés ayant été
retrouvés au fond de certaines poches; —
on avait fabriqué des lotos avec des lambeaux de gros papier ramassés dans la
cour, autour de la cantine, et des jetons
composés de petits morceaux de bois re-
cueillis un peu partout. On formait des
chœurs et l'on chantait, soit des chansons
guerrières ou patriotiques, qui nous donnaient un instant l'illusion de la liberté,
soit des romances sentimentales, qui nous
ramenaient momentanément « dans les
vertes campagnes » ou « auprès des clairs
ruisseaux ».

D'autres fois, comme je crois l'avoir déjà
dit, on formait une assemblée, et l'on débi-
tait des discours. Les principaux orateurs
étaient désignés sous le nom des hautes per-

sonnalités dont ils représentaient les idées :
il y avait Thiers, Crémieux, Jules Favre,
Gambetta, etc., etc., toute la pléiade des
hommes de 1870. Nos grabats servaient de
tribune; parfois, même, un orateur, dans
la chaleur de son improvisation, escaladait
le poêle, — ce mythe fameux représentant
le calorique, — et de ce sommet élevé et
inoffensif figurant un volcan, versait sur
l'assistance les torrents de son éloquence.

On applaudissait ou l'on sifflait l'orateur;
les : « *bravo! très bien!* » croisaient les :
« *à bas! à la porte!* »

De temps à autre on voyait l'huis de la
baraque s'ouvrir doucement, et des têtes
prussiennes se montrer dans l'entre-bâil-
lement, tandis qu'un éclair sombre jaillis-
sait des canons de fusils bien astiqués;
mais on feignait de ne rien remarquer, et
les geôliers, voyant que ce n'était qu'un
jeu, refermaient la porte, abasourdis de
cette gaîté persistant malgré tout. Parfois,
un officier essayait de comprendre; nous le

voyions, du coin de l'œil, à l'attention avec laquelle il suivait les paroles de l'orateur ; mais il se retirait bientôt, découragé et ahuri sous le flot d'idiotismes, de gallicismes et de mots d'argot dont celui-ci s'empressait d'émailler son discours.

— Va, mon bonhomme, disait l'orateur, quand il lui avait vu tirer la porte, va raconter ce que tu as espionné, mouchard ! Tu croyais savoir le français, farceur, et tu avais promis à ton colonel un rapport détaillé sur ce que disent entre eux ces damnés prisonniers... Eh bien ! tu en seras pour ton outrecuidance, et tu vas être obligé, pour sauver ton érudition, de déclarer que les Français discutent en sanscrit...

..... Nous disions donc, citoyens, quand ces têtes de choucroute sont venues nous interrompre, que la liberté est un don que Dieu octroie en naissant à toutes les créatures : voyez l'oiseau sortant du nid, le papillon dépouillé de sa chrysalide, le levraut

quittant le gîte : ils volent, ils courent : l'espace est à eux ; le Créateur ne leur a pas
assigné de limites. Seulement, il y a des
créatures qui méconnaissent le bon Dieu,
et, par conséquent, ce qu'il a donné, et qui,
pour lui faire pièce, suppriment la liberté
(nous en savons quelque chose). Ces créa-
tures-là, par exemple, sachant fort bien .
qu'elles sont en contravention flagrante
avec les vues du Créateur, crient bien plus
haut que les autres, à tout propos et hors
de propos, qu'elles l'adorent, le vénèrent,
le respectent ; qu'elles font tout en son honneur et pour sa plus grande gloire, etc.
En bon français, on nomme ces êtres-
là des hypocrites et des cafards. Regardez
par la fenêtre ; vous en aurez immédiatement des exemples vivants, en chair et en
os, agrémentés de casques à pointe et
de grands sabres, en la personne de
nos argousins, acolytes du vieux Guillaume, etc.

Et les discours continuaient, interrompus

par les éclats de rire, les applaudissements, jusqu'à ce que les « têtes de choucroute » susnommées vinssent hurler :

— Silence !

VII

EN CARNAVAL

J'ai déjà nommé Blanchard, mon camarade de lit. C'était un de ces vieux soldats
d'Afrique, ingénieux, intelligents, sachant
tirer parti de tout, se débrouiller partout ;
un de ces types perdus maintenant, dans
nos armées à courte présence sous les drapeaux.

Depuis quelque temps, nous lui voyions
faire une collection de vieux papiers.
Chaque fois qu'il était de corvée pour
aller au pain à Swinemünde, il en rappor-
tait quelques lambeaux : papiers à chan-
delles, à chocolat ; vieux sacs jaunes, bleus
ou gris. Il les pliait avec soin et les plaçait

sous sa paillasse. Il ramassait aussi de vieilles gamelles de fer-blanc hors de service, les aplatissait et les découpait.

Nous le criblions de lazzis sur sa nouvelle manie de collectionneur, dont nous eûmes enfin l'explication.

— Les enfants, dit-il un jour, vous ne savez donc pas que nous sommes en carnaval? Vous allez voir quelle belle mascarade nous allons faire.

Et, exhibant tous ses vieux papiers, il se mit en devoir de les coller, avec un reste de notre soupe quotidienne, gardé au fond d'une gamelle.

A « l'heure du chauffage » il exposa ses papiers autour du poêle, et, ayant ainsi obtenu de grands morceaux, il y découpa un habit qu'il s'appliqua fort ingénieusement sur le corps. Des frisons de papier découpé figurèrent les épaulettes et les aiguillettes ; les morceaux de fer-blanc, tailladés, vinrent s'accrocher sur sa poitrine, imitant une rangée de croix, tandis qu'un immense chapeau de papier goudronné noir, tout empanaché de frisons blancs et bleus, venait surmonter ce chef-d'œuvre d'invention, renouvelé de Cadet-Roussel.

Sous la haute direction de Blanchard, une quinzaine d'entre nous (j'étais du nombre, cela va sans dire), s'affublèrent des linges d'un blanc plus que douteux, que la munificence de la place de Swinemünde nous distribuait sous prétexte de draps. Cela n'était pas d'une blancheur immaculée, je dois le dire, mais, drapé avec art et attaché sur notre tête au moyen de nos mouchoirs ou de nos cravates, figurant la corde en poil de chameau des Bédouins, nous avions un certain air exotique, que ne démentaient pas nos barbes longues et mal soignées, nos figures maigres et hâves.

Ainsi harnachés et escortant notre chef, dont le costume avait la prétention d'imiter, ou plutôt de figurer un habit de général, nous sortîmes gravement de notre baraque, à un moment où nous pensions le poste occupé, et nous nous glissâmes dans la seconde baraque, notre voisine, où notre arrivée inopinée eut un succès prodigieux.

Blanchard, qui avait, au moment du départ, perfectionné son déguisement en se faisant, de son nez droit, un superbe nez camard, au moyen d'un fil passant sous les narines et attaché derrière la tête, adressa un *speech* comique aux assistants et, après s'être fait admirer sous toutes les faces, sortit de la baraque pour aller se montrer dans la troisième.

Malheureusement, notre succès fut de peu de durée. Notre sortie avait été remarquée ; n'y avait-il pas toujours quelque Argus chargé de nous surveiller ?... Nous vîmes, aux postes, un mouvement, des appels et des allées et venues qui ne nous présageaient rien de bon.

— Amis, murmura Blanchard, je crois qu'il n'est que temps de nous cacher; hop !

En trois sauts, nous rentrions dans notre baraque. L'habit de papier disparut dans le

poêle en un clin d'œil, les draps furent réintégrés prestement sous les couvertures, et
nous aussi, feignant de sommeiller, comme
cela nous arrivait si fréquemment pour
tuer le temps et tromper le froid et la
faim...

Le poste en armes fit irruption dans la
baraque, sous la conduite d'un lieutenant.

— Quels sont ceux, rugit-il en français
d'outre-Rhin, quels sont ceux qui ont eu
l'audace de vouloir ridiculiser Sa Très-
Haute Majesté?

... Ridiculiser le roi de Prusse!... nous
n'y avions vraiment pas songé; mais puisqu'ils le prenaient ainsi, tant mieux.

Naturellement, personne ne souffla mot
dans la baraque, et nous affectâmes, au
contraire, nous, les coupables, de prendre
un air étonné et innocent.

— Nommez-moi les insolents, les criminels! hurla de nouveau le lieutenant en
frappant la terre durcie de sa botte et du
fourreau de son sabre; nommez-les-moi

immédiatement, afin qu'ils soient punis comme ils le méritent.

Cette seconde injonction demeura sans réponse, comme la première.

Ce que voyant l'officier, furieux, fit le tour de la baraque, nous regardant tous entre les deux yeux ; mais son inspection fut inutile : rien ne restait visible de la mascarade.

Alors, il sortit avec ses hommes, et alla faire la même inspection dans les autres baraques.

Nous comprîmes bien vite que les Prussiens ne savaient pas au juste où la bande déguisée s'était fondue, et qu'ils cherchaient à reconnaître les coupables.

Une demi-heure après, nous fûmes, tous les onze cents, appelés dans la cour et rangés par files de deux hommes se tournant le dos. Des officiers accouraient, empressés, de toutes les directions, des piquets de soldats se formaient, des ordres glapissants déchiraient l'air ; on eût dit qu'on prenait des mesures pour réprimer une sédition...

Nous riions sous cape de tout ce remue-
ménage pour si peu de chose, tandis que
les hommes de la troisième baraque, — où
nous n'avions pas eu le temps d'aller nous
montrer, — ne comprenaient absolument
rien à tout cela.

On nous somma de nouveau de nommer
ceux qu'ils appelaient les coupables. Devant notre silence persistant, ils nous me-
nacèrent tous de punitions. Alors, voyant
qu'ils n'obtenaient rien, ils essayèrent de
reconnaître ceux qui avaient été aperçus
déguisés, et vinrent de nouveau nous examiner un à un... Mais allez donc, parmi un
millier d'hommes barbus, en reconnaître
quelques-uns que vous avez entrevus de
loin et sous un déguisement !

Après un long examen et de minutieuses
recherches, ils furent obligés d'y renoncer ; mais, pour nous apprendre à respecter
la dignité royale, — que nous avions gravement offensée, paraît-il, — nous fûmes

7

punis en masse de huit jours de cellule.

Aucun de nos camarades ne pensa, pour échapper à cette injuste punition, à nous dénoncer. Il est hors de doute que, si l'on eût mis la main sur ceux d'entre nous qui avaient pris part à cette innocente plaisanterie, nous eussions subi un châtiment rigoureux. Blanchard, le chef, eût certainement été accusé du crime de *lèse-majesté...* et fusillé; nous vîmes bien, à l'irritation de nos gardiens, qu'on avait pris la chose en très mauvaise part en haut lieu.

Le système évident, d'ailleurs, n'était-il pas de nous laisser décimer par l'ennui, la pire de toutes les maladies, la misère, les privations, toutes choses qui, réunies, amenaient si souvent un dénouement fatal chez les natures qui n'étaient pas exceptionnellement bien trempées. Plus il en mourrait, de ces prisonniers maudits, moins on rendrait d'hommes à la France exécrée.

Aussi, les punitions et les mauvais traitements pleuvaient, dru comme grêle. Pour

la moindre vétille, le plus léger oubli, six,
huit, dix jours de cellule. Pour n'avoir pas
compris un ordre glapi en allemand, puni;
pour n'avoir pas salué un officier selon
l'ordonnance prussienne, puni. Chez nous,
l'inférieur, rencontrant un supérieur, le
salue en continuant de marcher; en Prusse,
il doit s'arrêter quelques pas avant la rencontre, se mettre à la position du soldat
sous les armes, le petit doigt de la main
gauche à la couture du pantalon, la main
droite à la hauteur du front, et demeurer
fixe, immobile, pétrifié, jusqu'à ce que le
supérieur l'ait dépassé d'un certain nombre
de pas; alors il reprend sa marche automa-
tique et si, dix pas, vingt pas plus loin, il
rencontre un autre officier, la même céré-
monie doit se renouveler.

Quand nous n'observions pas strictement
ce règlement, nous étions rudement tan-
cés, bourradés, souvent frappés de punitions. Un certain officier, interminable
lieutenant au corps aussi long qu'un peu-

plier de belle venue, aux moustaches fauves,
se plaisait même, quand les premiers rayons
de soleil commencèrent à nous faire sortir
de nos baraques, pour réchauffer un peu
nos membres engourdis, à se promener de
long en large dans la cour, en fumant, exi-
geant, à chaque tour, qui revenait toutes
les cinq minutes, qu'on abandonnât toute
occupation pour le saluer. Dix, quinze,
vingt fois de suite, il fallait se mettre en
position, la main au képi, si bien que nous
finissions par rentrer, aimant mieux nous
priver de cet avare rayon de soleil, qui venait pourtant ragaillardir nos cœurs, que
de saluer à perpétuité cet impudent sou-
dard à face léonine.

Les pauvres turcos, nos compagnons,
souffraient plus que tous autres de cette ta-
quinerie. Ces premiers sourires du soleil,
attendus avec désespoir durant cinq mois
interminables, les plongeaient dans l'extase. Accroupis à l'abri des baraquements,
ils savouraient le léger bien-être produit

par cette pâle contrefaçon de l'astre qui
brûle les sables de leurs déserts, rêvant aux
palmiers aux longs panaches, aux lauriers-
roses, aux orangers en fleur.

... D'un coup de sa botte à l'écuyère, le
lieutenant prussien venait les rappeler à la
triste réalité, et les malheureux devaient
quitter leur mince abri, leur petit coin
de soleil, pour satisfaire à la fantaisie
féroce de ce traîneur de sabre, qui se
faisait un plaisir de punir à tort et à travers.

J'ai parlé des cellules, mais je ne les ai
pas décrites. C'étaient de tristes cachots
ménagés dans les fondations du fort, situés
au-dessous du niveau de la mer; des casemates humides et suintantes, sans air, sans
lumière, et dans une partie desquelles on
ne pouvait se tenir debout. Un silence de
mort envahissait ces sépulcres, où l'on pouvait se croire enseveli vivant. Quinze jours
de cellule vous rendaient un homme pâle,
décharné, tremblotant, fiévreux, et beau-

coup n'en sortaient que pour l'hôpital et le cimetière.

Combien, combien, hélas! ont laissé leurs os sur cette terre ingrate et perfide! Qui peut savoir les pleurs, les gémissements, les désespoirs sans nom qu'ont recelés ces murs sans échos? Les journaux ne nous ont-ils pas dit que les Prussiens avaient renvoyé, en mars 1885, les derniers prisonniers de le guerre de 1870? Combien ces quelques malheureux qui, nouveaux Latudes, ont supporté quinze ans de cachot, ont-ils vu périr de leurs compagnons! Personne ne connaîtra jamais le chiffre de ces froides hécatombes.

A ces souvenirs, les haines assoupies se réveillent, plus vivaces, et l'on se demande quand viendra l'heure, non pas des représailles, mais de ce que l'on a nommé la Revanche.

VIII

VISION

Un certain jour de février, nous étions
sur la digue, quand un timide rayon de soleil vint entr'ouvrir l'épaisse couche de
brouillard qui masquait l'horizon depuis
quatre mois.

La réverbération de ce brillant rayon
sur la neige nous permit d'apercevoir dans
le lointain un spectacle inattendu : une
ville, un village, un hameau... situé sur
une langue de terre se projetant dans la
mer, étalait ses toits couverts de neige gla
cée. Cela avait l'air d'une ville enchantée,
perdue entre le ciel et l'eau, brillant de
toutes les couleurs du prisme.

Je désignai du doigt la rutilante vision à un des soldats prussiens qui nous gardaient.

— *Misdroy, Woilin,* me répondit-il.

Le rayon de soleil disparut bientôt, et avec lui la riante vision qu'il avait évoquée. L'horizon reprit son immobilité sombre et farouche.

Quelques jours après, étant au travail à côté de Blanchard, il me sembla entendre le bruit du canon venant du large.

— As-tu entendu ? dis-je à mon camarade.

— J'ai entendu un roulement.

— Si c'était la flotte française qui opère une descente sur la côte...

— Cela n'a rien d'invraisemblable.

— Écoute !... encore le même bruit...

— Cela ressemble absolument à des coups de canon... Il me semble que c'est dans la direction de cette ville que nous avons entrevue l'autre jour.

Mon cœur battait violemment dans ma

poitrine. Je donnai deux ou trois coups de pioche afin de dissimuler mon agitation, puis je parcourus la mer d'un long regard. Mes yeux auraient voulu percer la brume qui se confondait avec les flots noirs... Il me semblait que derrière ce mur de brouillard la flotte française évoluait pour se rapprocher des côtes. L'illusion devint si forte que je crus apercevoir des vergues et des cordages.

Ce jour-là, nous fûmes désespérés quand l'heure de rentrer aux baraquements arriva. Il nous semblait qu'à chaque instant, nous allions voir apparaître des bâtiments portant le pavillon français. Avec quel frénétique enthousiasme nous les eussions acclamés et, faisant de nos pelles et de nos pioches des instruments de combat, nous eussions assommé nos gardiens pour nous enfuir sur nos vaisseaux !

Hélas ! rien de tout cela n'arriva. Que nous ayons été le jouet d'une illusion, ou que quelque bâtiment eût en effet approché

de la côte à la faveur du brouillard, nous
ne pûmes jamais en rien savoir. Mais il ne
nous en resta pas moins, à Blanchard et à
moi, la ferme résolution de faire une tentative pour reprendre notre liberté.

Toute la nuit, nous fûmes aux aguets,
écoutant les bruits du dehors, commentant
chacun de ces bruits. Nos compagnons, in-
terrogés, n'avaient rien remarqué, et cependant, notre persuasion n'était pas ébranlée.
Nous faisions des suppositions à perte de
vue, tant et si bien que, le lendemain, nous
aurions juré avoir vu, de nos yeux vu, un
navire complètement grée à une portée de
canon...

Nous attendîmes avec impatience l'heure
du travail, qui devait nous permettre d'explorer la mer du regard. Tout y était dans
l'état accoutumé. Les flots se soulevaient
avec leur monotone régularité et le seul
bruit qu'on entendît était celui des vagues,
déferlant sur la plage avec leurs sifflements
prolongés. Mais notre fièvre durait toujours

et, pour ma part, il m'était impossible de détacher mes yeux de l'horizon, malgré les bourrades et les rappels à l'ordre de nos Prussiens.

— *Auf!! Arbeiten!* (Allons! Travailler!)

Je laissais crier après moi et, insensible à quelques coups de crosse que je reçus dans les reins pour m'activer au travail, je ruminais un plan de fuite.

— Blanchard, dis-je tout bas à mon compagnon, en revenant aux baraquements, il faut coûte que coûte nous évader cette nuit.

— Adopté! me répondit-il aussitôt.

— As-tu un plan?

— Non; mais toi?

Je lui expliquai mon projet.

— Nous risquons quelques coups de fusil dans les reins, dit-il, mais j'en suis toujours. J'aime mieux être tué une bonne fois que de languir indéfiniment ici.

IX

L'ÉVASION

Il n'y avait qu'un endroit, autour de notre campement, par où la fuite fût, sinon possible, du moins essayable.

Derrière les baraques se trouvait une immense fosse servant de réceptacle à toutes les ordures, à toutes les immondices. Là, les factionnaires étaient toujours un peu moins rapprochés, soit que les émanations qui s'exhalaient de ce cloaque les en éloignassent, soit qu'on jugeât qu'il constituait par lui-même un rempart suffisant. J'avais fait cette remarque depuis quelques jours, et je n'étais pas le seul, car, peu de temps auparavant, un malheureux prisonnier s'étant aventuré la nuit un peu trop loin de ce trou infect, soit avec le projet de s'enfuir, soit pour éviter d'y glisser, avait été tué sur place. Mais ce souvenir, tout récent cependant, ne pouvait influer sur ma résolution. J'étais décidé à tout tenter pour m'évader et rien n'était plus capable de me retenir.

Quand la nuit fut venue et que les allées et venues des patrouilles eurent cessé momentanément, Blanchard et moi nous nous levâmes et sortîmes sans bruit de la baraque. Là n'était pas la difficulté ; le régime débilitant et laxatif auquel nous étions soumis nous forçant souvent à sortir à toute heure. Mais il fallait pouvoir franchir la ligne des factionnaires et gagner les bois de sapins qui bordaient le rivage. La nuit était très sombre ; le ciel, touchant terre, laissait épandre de lourds flocons de neige ; on ne voyait pas à dix pas devant soi, mais sur ce blanc tapis, nous devions faire tache quand même.

Nous nous faufilâmes cependant derrière les baraques, en longeant le cloaque. Arrivés là, nous vîmes les factionnaires battant la semelle sur le sentier tracé dans la neige, durcie par leurs allées et venues. Nous nous mîmes à plat-ventre et, confondus avec l'ombre projetée par les baraques, nous nous glissâmes comme des serpents.

Nous avancions avec une excessive lenteur, rampant comme des couleuvres, nous arrêtant au plus léger bruissement, écoutant avec anxiété, profitant des moindres ombres, des moindres obstacles qui pussent nous dissimuler : tas de neige ou ramassis d'immondices. Mais quelques difficultés que nous ayons eues à nous glisser durant un certain temps sans être aperçus, nous n'avions rien fait en comparaison de ce qui nous restait à faire : franchir impunément la ligne des factionnaires.....
C'était là l'obstacle principal qui, jusqu'ici, avait empêché toute tentative. Comment

passer cette ligne serrée, sans recevoir aussitôt vingt coups de fusil, ameuter tous les postes, attirer toute la garnison à nos trousses? Cette fois, nous étions résolus à tout, dussions-nous rester sanglants sur cette neige, qui s'accumulait depuis des mois par couches successives, et dont, cette nuit, les flocons pressés devaient dissimuler nos mouvements.

En approchant de la ligne des sentinelles, je perdis Blanchard de vue. Sans doute il s'était dissimulé derrière quelque tas de neige. Tout en cherchant à l'apercevoir, je me réjouissais de ne pouvoir y réussir, car cela me faisait espérer qu'il en serait de même pour moi, et que, par conséquent, nous avions chance d'échapper à l'attention des factionnaires.

Je rampai encore sur une distance d'un mètre ou deux.

J'étais ainsi arrivé à quelques pas à peine du chemin de ronde tracé par les factionnaires autour de l'enceinte,

La neige, rejetée et amoncelée de chaque côté de ce chemin, formait une sorte de banquette, derrière laquelle je m'allongeai palpitant, observant les mouvements des sentinelles qui, semblables à de noirs fantômes, marchaient automatiquement dans la nuit.

Un froid intense glaçait mes membres, mon corps, mes mains en contact avec la neige, et cependant ma tête brûlait de fièvre; mes tempes battaient sous l'influence de l'attente et de l'anxiété.....

Ces factionnaires maudits mesuraient toujours leurs mouvements de manière à ne pas se tourner mutuellement le dos.

N'allaient-ils pas changer leur tactique? Ne s'arrêteraient-ils donc jamais? Leurs pas, assourdis par la neige, produisaient un bruit sourd et cadencé qui m'agaçait, portant à son paroxysme l'impatience fébrile qui me gagnait.

Les minutes me semblaient des heures; je pensais aux baraquements avec horreur,

et l'espace, l'inconnu que je croyais voir
devant moi, de l'autre côté de ce légér
rempart de neige, m'apparaissait comme
un champ de liberté, un Elysée où toutes
les misères, les désespérances passées
seraient oubliées.

Tout à coup, un léger craquement se fit
entendre..... Fut-il produit par mon corps
s'appuyant sur un bloc de neige gelée, par
Blanchard, évidemment à peu de distance,
par le tassement de la neige se transfor-
mant en glaçons ou par tout autre cause
inconnue, toujours est-il qu'il résonna,
lugubre, dans le grand silence de cette
nuit boréale.

Mon cœur fit un saut dans ma poitrine.

— *Wer da?* cria la sentinelle en s'arrêtant soudain.

— *Wer da?... Wer da?... Wer da?...*
répétèrent toutes les sentinelles, les unes
après les autres.

Je nous jugeai perdus !... Ces cris
d'alerte répétés de place en place allaient

8

éveiller le poste ; une patrouille allait sur-
venir, examiner, fureter ; nous allions être
découverts, surpris en flagrant délit de
tentative d'évasion et passés par les armes,
après un interrogatoire sommaire, où je
me proposais déjà de jeter à la face de nos
geôliers toute la haine amassée depuis si
longtemps.

Mon cœur bondissait, mes tempes battaient, produisant un bruit étourdissant
dans mes oreilles... Il me semblait impossible que le factionnaire ne fût pas frappé
de ce bourdonnement se produisant à sept
ou huit mètres de lui. Telle était l'illusion
pour moi, que, bien que couché sur le sol,
le long du rempart de neige formant parapet en cet endroit, j'aurais juré que les pal-
pitations de mon cœur, frappant la terre,
devaient s'entendre à une énorme distance,
comme le bruit sourd d'un marteau-pilon.

Cette illusion, heureusement, ne dura
qu'un moment, car elle me produisait une
angoisse inexprimable, et je me rendis

compte, dans une rapide intuition, de cette légende, qui prétend que les cheveux de certaines personnes blanchissent dans une nuit, sous l'effort d'une terrible impression. Les miens ne changèrent pas de couleur alors, mais il est certain que je ressentis sur mon crâne une sensation instantanée, qui me fit penser qu'ils se hérissaient...

Je repris promptement mon sang-froid, cependant. Si nous étions découverts, eh bien, que diable! on ne meurt qu'une fois. Est-ce que nous ne savions pas, avant d'entreprendre cette tentative, que c'était notre vie que nous risquions? D'ailleurs, ne l'avions-nous pas exposée cent fois déjà, sans sourciller, durant le siège de Metz?

Réconforté par ces pensées, qui me traversèrent l'esprit en bien moins de temps que je n'en ai mis à les jeter sous ma plume, je ressaisis toutes mes facultés et pus me rendre compte de ce qui se passait. Les *wer da* se succédaient de place en place, le son s'amoindrissant à mesure que celui qui les répétait était plus éloigné ; mais la sentinelle la plus proche de moi, à ma gauche, après quelques instants d'immobilité et d'attention, dit à mi-voix à son camarade de droite :

— *Nichts!... der Schnee!...* (Il n'y a rien... c'est la neige !...)

Et le mot : *nichts !* répété de sentinelle en sentinelle, vola à son tour, rassurant tout le cordon d'enceinte.

On ne peut pas m'accuser de chaudes sympathies pour les Prussiens ; mais, à ce moment, si la chose eût été faisable, j'eusse certainement témoigné ma tendresse à cette brave sentinelle qui, craignant peut-être de voir apparaître quelque loup-garou si elle poussait trop loin ses investigations, s'empressait de rassurer tous ses camarades.

Mettant le comble à la reconnaissance que je lui ai vouée, le bon Teuton intervertit la régularité de sa faction et vint jusqu'à sa limite échanger quelques mots à voix basse avec son voisin ; puis tous deux, se tournant le dos, s'éloignèrent simultanément, frappant le sol du pied pour se réchauffer.

Je saisis au vol cet instant que j'attendais depuis dix minutes, — dix siècles. — Me soulevant sur mes poignets, j'enjambai le parapet et, en trois bonds, je fus de l'autre côté du talus de neige. J'avais dû passer comme un éclair, et, évidemment, je n'avais pas été aperçu, puisque tout restait calme. Allongé, collé le long du parapet, j'attendis un moment afin d'explorer le terrain qui restait à parcourir. De là à la forêt de pins où je me considérerais comme vraiment sauvé, si je pouvais y arriver sans encombres, il y avait au moins une centaine de mètres... Il faisait, il est vrai, une nuit obscure et sans lune, et la neige tombait en lourds flocons ; mais sur ce blanc tapis qui s'étendait partout, la moindre chose ferait tache.

Un immense désespoir s'empara de moi en reconnaissant l'inutilité de ce que j'avais fait jusqu'ici, et j'eus l'idée de m'étendre sur le dos et de laisser le froid qui me gagnait m'engourdir jusqu'au dernier sommeil... Dans le mouvement que je fis pour mettre à exécution ce projet désespéré, mon regard glissa sur ma personne et l'espoir me revint... J'étais tout couvert de neige et, bien certainement, si je continuais à agir avec une grande prudence et à bien saisir le moment, j'avais chance de n'être pas aperçu et de me confondre vite dans la nuit obscure avec les objets environnants, qui, tous, sous cet épais linceul, revêtaient une forme confuse et insaisissable.

Je profitai donc encore de l'instant où les deux sentinelles, après s'être presque rejointes, se tournaient mutuellement le dos, pour ramper sans bruit sur l'épais tapis ; puis, lorsque je jugeai qu'elles étaient au bout de leur champ d'évolution et qu'à leur retour elles pourraient jeter les yeux sur moi, je m'aplatis, immobile, l'oreille au guet, pour me remettre en marche dès que je les voyais s'éloigner.

Après avoir renouvelé cette manœuvre trois ou quatre fois avec les mêmes précautions, je jugeai que je devais être hors de danger, — du danger d'être découvert par les factionnaires du chemin d'enceinte seulement, car j'ignorais si je n'allais pas tomber sur quelque patrouille dans l'obscurité. — Je n'apercevais plus rien autour de moi. Aussi loin que mon rayon visuel pouvait s'étendre, je ne voyais que cet épais voile de neige qui interceptait tout.

Alors, j'osai me redresser, doucement, avec mille précautions, m'arrêtant à chaque pas, écoutant le moindre bruit, tressaillant au plus léger craquement. Je finis cependant par gagner la forêt de pins, où je me considérai momentanément comme en sûreté.

J'étais sauvé ! Mais qu'était devenu Blanchard ? Je ne doutais pas que, lui aussi, n'eût réussi à tromper la vigilance de nos

gardiens, car s'il eût été aperçu, j'eusse
entendu du bruit, des appels, une lutte
probablement ; il ne se serait pas laissé
saisir sans résistance... Mais il pouvait
être encore en chemin, arrêté par quelque
obstacle, tout comme il pouvait se trouver
à dix pas de moi, caché derrière un tronc
de pin. A un certain moment, je frémis à
l'idée qu'il pouvait être évanoui près de
quelque tas de neige, engourdi par ce froid
hyperboréen qui était en train de me geler
le sang des veines, et contre l'envahisse-
ment duquel j'avais toute peine à réagir.
Je ne sentais plus mes pieds ni mes mains,
mes dents claquaient malgré moi et ma
barbe, hérissée de mille glaçons, me pi-
quait comme autant d'aiguilles.

Adossé à un énorme tronc de sapin qui
m'abritait un peu contre la neige, je regar-
dais avidement autour de moi. Presque
aveuglé par les larmes dont le froid emplissait mes yeux, et par l'obscurité que
ces sombres bois rendaient encore plus

noire, je commençais à me demander si
nous nous retrouverions jamais, quand il
me sembla entendre un léger frôlement.

— *Wer da!*... murmurai-je à tout hasard.

Une ombre bondit vers moi et je me
sentis saisi au collet... mais presque
aussitôt les mains de fer qui s'étaient
mises en devoir de m'étrangler, se relâ-
chèrent, et une chaude accolade m'enleva
presque de terre.

— Ah! mon pauvre camarade, murmura
Blanchard, — car c'était lui, — je croyais
bien ne plus te revoir et avoir affaire à un
espion ; j'étais décidé à lui faire passer le
goût de la choucroute... Aussi, quelle idée
de parler allemand!

— Je craignais, comme toi, avoir un
Prussien près de moi... Enfin, te voilà!
comment as-tu fait?

— J'ai rampé comme un Peau-Rouge...
La neige m'a puissamment aidé.

— Moi de même, mais je suis transi.

— Détalons vite, maintenant, afin de
tâcher de rétablir la circulation du sang.
D'ailleurs, il nous faut mettre, cette nuit,
le plus d'espace possible entre le fort et
nous.

Notre plan était tout tracé depuis longtemps. Nous devions suivre les bords de la
mer, à l'abri de la forêt de pins qui la lon-
geait sur un vaste parcours. Le bruit du
ressac sur les cailloux du rivage guidait
seul notre marche, et, sans lune, sans
boussole, sans vivres, presque sans vêtements, nous nous mîmes en route d'un pas
incertain, aveuglés par la neige, heurtant
des souches, trébuchant contre des troncs
d'arbres, des blocs de glace, mais nous
relevant toujours, pleins d'espoir et de
courage.

Nous marchâmes ainsi toute la nuit, une
nuit poméranienne, se prolongeant jusqu'à
neuf heures du matin. Aux premières
lueurs du jour, — jour blafard éclairé seulement par la neige, — je crus entendre le

bruit d'une détonation dominant le fracas des vagues.

— Ecoute ! dis-je à Blanchard en m'arrêtant soudain.

— Pardieu ! fit-il ; on s'est aperçu que nous manquions à l'appel... Gare aux imbéciles qui étaient de faction cette nuit.

— On va envoyer à nos trousses, naturellement. Ayons soin de ne pas quitter l'abri des bois.

— Oui, mais il ne faut pas perdre la mer de vue, car si nous apercevions un bâtiment, n'importe de quelle nation, pourvu qu'il ne soit pas prussien...

Toute la journée, nous errâmes dans les bois, nous rapprochant, ou nous éloignant du rivage, selon que nous croyions avoir des chances d'être ou non aperçus. Nous ne vîmes pas la moindre embarcation sur la Baltique. La neige avait cessé de tomber, mais le ciel était toujours bas et couvert.

La faim commençait à se faire sentir d'une manière incommode. Pour la tromper un peu, nous mangeâmes de la neige, espérant donner le change à notre estomac... Je ne recommande pas cette nourriture aux gourmets.

Nous étions harassés de fatigue, transis de froid, torturés par un invincible besoin de sommeil contre lequel nous luttions désespérément, sachant bien que, si nous y succombions, nous risquions de ne jamais nous relever de notre couche glacée. La nuit vint; un âpre vent du nord s'était levé, soulevant les vagues, mugissant dans les branches des pins avec des craquements sinistres, faisant tourbillonner la neige, tombée la veille, et l'amoncelant par endroits en tas où nous enfoncions jusqu'aux aisselles. Rien ne donnera jamais une idée de la nuit que nous passâmes ainsi, — une nuit de dix-sept heures!...

Les hallucinations de la faim vinrent bientôt s'ajouter à notre lassitude. Il nous semblait voir autour de nous, tantôt des troupes de loups affamés prêts à se jeter sur nous, — et je ne jurerais pas qu'il n'y eût pas du vrai sous ce rapport, — tantôt des rondes de squelettes décharnés tourbillonnant dans une sarabande infernale, au bruit d'une musique lugubre, tantôt les flots courroucés prêts à nous submerger; tantôt une troupe de Prussiens nous enserrant dans un cercle de fer... mille images effrayantes, baroques, lamentables, les mirages du délire, en un mot... Une particularité dont nous nous sommes toujours étonnés depuis, Blanchard et moi, c'est que nous demeurâmes toujours l'un près de l'autre, ne nous quittant pas, dans cette nuit d'angoisses inexprimables, et agissant, pour ainsi dire, avec une unité de volonté qui n'eût peut-être pas eu lieu si nous eussions été en pleine possession de toutes nos facultés. Sans doute, l'instinct irraisonné de la conservation dominait dans notre intellect obscurci.

Je ne saurais dire combien nous fîmes de chemin en tournant dans les bois et sur la plage fouettée par la tempête, durant cette interminable nuit, qui eût dû n'avoir pas de lendemain. L'acuité de nos souffrances devint telle que, ainsi que Richard III après la bataille de Bosworth, offrant son royaume pour un cheval, nous eussions donné notre espoir de liberté pour un morceau de pain et un abri...

X

MISDROY

Au jour, nous nous trouvâmes en vue d'une agglomération de maisons. C'était Misdroy, le pays fantastique entrevu par moi dans un rayon de soleil. Toute notre force de volonté nous avait abandonnés et nous n'avions plus qu'une idée, qu'un désir, qu'une aspiration : manger et nous réchauffer.

Notre apparition à l'entrée de la rue provoqua aussitôt un grand mouvement de curiosité. Des enfants, se rendant à l'école, nous avaient aperçus les premiers. Ils donnèrent l'éveil à leur maître et à leurs parents, et toute la population fut bientôt autour de nous. La raison nous revenait et nous eûmes la sensation d'une arrestation; une main se posait sur mon épaule...

— Vous êtes des prisonniers français? nous demanda une voix prononçant assez bien notre langue.

Je me retournai et me trouvai en face d'un homme, jeune encore, à la figure bienveillante et compatissante, et dépourvu de tout appareil guerrier.

— Oui, répondis-je, et nous mourons de faim, de froid et de fatigue.

— Venez, reprit-il; on va vous donner tout ce qu'il vous faut.

Nous fûmes entourés, entraînés, et, quelques instants après, nous étions installés dans une salle spacieuse, devant un énorme plat de pommes de terre fumantes et de jambon; un gros poêle répandait une chaleur bienfaisante; des visages curieux se pressaient autour de nous, nous examinant en détail, tandis que nous entendions des voix de femmes pousser des exclamations de pitié. Cette subite atmosphère de bien-être produisit une réaction trop brusque sur mon organisme débilité et surexcité par les privations et la lassitude poussées à leurs dernières limites : tout s'obscurcit, tout tourna autour de moi, et je crois, — Dieu me pardonne! — que je m'évanouis...

On me fit avaler un breuvage chaud, et, bientôt, revenu au sentiment de la réalité, je fis, de concert avec Blanchard, un honneur enthousiaste aux victuailles accumulées devant nous. Les Allemands nous contemplaient béatement, et nous nous demandions quel allait être le complément de cette ripaille inattendue. A chaque instant nous jetions un regard vers la porte, nous attendant à voir surgir l'horrible casque à pointe et les baïonnettes du fusil à aiguille.

Le maître d'école, — celui qui, le premier, nous avait accueillis, et le seul qui parlât français, — comprit notre inquiétude et nous rassura. Il n'y avait pas de

9

garnison à Misdroy ; on n'y avait jamais vu
de prisonniers français et l'on ne songeait
à nous faire aucun mal, au contraire. La
plus grande partie de la population profes-
sait des idées avancées et désapprouvait les
agissements de M. de Bismarck, qui avait
entraîné la Prusse dans une guerre terrible, aussi funeste aux vainqueurs qu'aux
vaincus.

Tout étonnés d'entendre émettre de
semblables opinions par un Prussien, nous
donnâmes la réplique à notre interlocuteur,
qui traduisait souvent notre conversation
aux assistants. Ils se firent raconter les batailles et les horreurs du siège de Metz. Ils
nous avouèrent, en revanche, la lassitude,
le désespoir, l'angoisse des populations po-
méraniennes, où la terrible guerre de
France prenait tous les hommes valides,
ne laissant au pays que les infirmes et les
enfants. Puis, nous désignant les assistants
les uns après les autres, ils nous faisaient
comprendre que les uns avaient perdu leur

fils, leur père ; les femmes montraient leurs robes de deuil en pleurant un mari ou plusieurs enfants... Tous ces gens, eux aussi, maudissaient l'horrible conflit de deux nations qui, se ruant l'une sur l'autre de par la volonté de leurs souverains, prenaient et versaient à flots le meilleur de leur sang, en laissant pour héritage le chagrin, la misère, la désolation.

Malgré l'assistance et la sympathie même, dont on nous donnait les preuves, nous ne perdions pas de vue notre objectif et nous nous renseignâmes du mieux qu'il nous fut possible, profitant en cela des bonnes dispositions de nos hôtes. Misdroy est un village presque exclusivement habité par des pêcheurs ; mais, l'hiver, la Baltique, fouettée par les vents du pôle, ne leur permet que très rarement de se livrer à leur dur métier, et nous conclûmes avec désespoir de leurs explications qu'il nous fallait renoncer à toute idée d'évasion de ce côté.

Personne, non plus, n'avait eu le moindre

indice sur l'escadre française qui, bien réellement cependant, croisait dans la mer Baltique. Cette assurance, quelque vague
qu'elle pût être, nous remit, comme on dit
vulgairement, du baume dans le cœur, en
nous laissant toujours espérer ce débarque-
ment sur les côtes de la Poméranie qui, s'il
eût pu être effectué à temps, eût certainement changé la face des choses en France.
Hélas! la fatalité dans cette guerre, c'est
justement cela : rien ne put être fait à
temps!

Le bon repas que nous avions fait, le repos de quelques heures que nous avions
pris dans cette grande salle bien chauffée
par un poêle énorme, nous avaient récon-
fortés. Nous nous demandions, Blanchard
et moi, quel parti nous devions prendre...
Pas d'espoir de nous échapper par mer,
puisque toute navigation, d'après l'assurance des pêcheurs, était suspendue. Dans
les ports importants, peut-être, à Dantzig,
Stralsund, à Kœnigsberg, nous eussions eu

chance de rencontrer quelque navire étranger, anglais, russe, danois, qui n'eût peut-être pas refusé de nous prendre à son bord. Mais comment franchir la distance qui nous séparait d'un de ces ports? Nous en voyions l'impossibilité dans les difficultés et les fatigues qne nous avions déjà éprouvées, rien que pour venir à Misdroy... Fallait-il donc avoir tant risqué pour rien, ou plutôt pour nous faire reprendre au premier tournant de route, car la chose maintenant était inévitable?

Des larmes de colère et d'impuissance me montaient aux yeux à l'idée de nous voir ramener au fort, attachés entre deux uhlans comme des criminels, poussés, bourradés à coups de lances et de talons de bottes et jetés dans les casemates en attendant le peloton d'exécution.

— Tiens! dis-je à Blanchard, si nous avions un revolver, j'aurais une joie sauvage à me faire sauter le crâne.

— Le mal est que nous n'en ayons pas,

répondit-il flegmatiquement. Mais il s'agit d'avoir du sang-froid et, maintenant que nous voici restaurés et un peu reposés, de profiter des bonnes dispositions de ces braves gens pour voir ce que nous devons faire.

Et il se remit à questionner le *magister* qui, après avoir été inspecter sa classe, revenait, suivi d'une quantité de ses élèves, qui nous montraient, à l'envi l'un de l'autre, leurs livres allemand-français, nous criant fièrement :

— « Bonjour, monsieur! » et nous faisant lire quelques questions comme celles-ci : « Avez-vous bien déjeuné? » — « Etes-vous fatigué? » — « D'où venez-vous? » etc., etc.

Nous étions étonnés et confondus, nous, enfants de France, de voir l'étude de notre langue pratiquée couramment dans cette bourgade de pêcheurs de la Poméranie, perdue au bord de la mer Baltique. Dans quel village de nos communes les plus intelligentes eût-on vu, en 1870, nos petits

paysans apprendre l'allemand?... Combien
en avions-nous alors, de ces villages où il
n'y avait même pas d'école pour apprendre
le français?

Entre temps, nous nous convainquîmes
avec désespoir que nous n'avions aucune
chance de pouvoir nous échapper et gagner
un pays neutre, soit par la voie de terre,
soit par la voie de mer. Oh ! la Prusse con-
naît son métier de geôlier et elle savait bien
que, jusqu'au printemps, cette île maudite
était inabordable. Et nous qui avions demandé à y venir, séduits par ce mot : *île !*
qui nous semblait gros de promesses de
liberté !

Ainsi que je l'ai dit, Misdroy est un village de pêcheurs qui, à l'été, se trans-
forme en station balnéaire, où le beau
monde de Stettin et des environs vient
prendre ses ébats. Alors, les maisons, les
chalets, fermés et inhabités l'hiver, se
peuplent et s'animent et la vie circule dans
les rues du petit bourg. A l'embouchure de

l'Oder, se trouve encore l'île de Wollin, avec une ville assez importante du même nom. Je n'ai jamais pu savoir qui, de l'île ou de la ville, avait servi de parrain à l'autre.

Ces quelques renseignements géographiques nous furent fournis par le maître d'école et par un vieil ouvrier, qui vint nous voir à l'auberge de Misdroy, où l'on nous avait offert l'hospitalité. Cet ouvrier avait travaillé en France pendant sept ou huit ans et se rappelait le bon accueil qu'il y avait reçu. Il y avait pris, d'ailleurs, des idées libérales et égalitaires qu'il ne s'était pas fait faute de répandre dans son village, et c'était sans doute à cela que nous devions la réception qui nous était faite, à notre constant étonnement.

Découragés de voir que la tentative qui nous avait coûté tant de peines et de fatigues allait se trouver sans autre résultat qu'une balle prussienne dans la tête, — car nous devions être repris indubitable-

ment, un peu plus tôt, un peu plus tard,
— nous nous demandions ce que nous
allions faire. Rester plus longtemps à Misdroy était risquer de compromettre les
gens qui nous avaient secourus et restaurés,
au lieu de nous livrer immédiatement à
l'autorité militaire de Swinemünde. Continuer notre route était inutile, puisqu'il
nous était prouvé qu'elle n'aboutirait à aucune issue satisfaisante. Restait l'alternative du suicide... Mais là, encore, nouvelle
objection : nous n'avions aucune arme pour
perpétrer notre mort ; nous nous voyions
donc dans la nécessité de nous accrocher à
la première branche venue. Or, nous
n'avions ni l'un, ni l'autre, de vocation
pour le métier de pendu. Nous trouvions cette mort ignoble. Des soldats de
Gravelotte, d'ailleurs, ne pouvaient mourir qu'en soldats, d'une balle reçue en
face.

La conclusion de notre raisonnement fut
que nous retournerions hardiment nous

reconstituer prisonniers. Nous fîmes part
de notre décision à nos hôtes, qui con-
vinrent que c'était, en la circonstance, le
meilleur parti à prendre. Seulement, de
leur propre mouvement, ils nous promirent
de nous faire donner du bourgmestre, qui
était aussi venu nous voir, une lettre pour
le commandant du fort. Mais je dois avouer
que cette promesse ne fit sur nous qu'une
très mince impression, bien que nous en
eussions témoigné convenablement notre
gratitude.

Il fut donc convenu que nous allions
passer la nuit à Misdroy et que, le lendemain matin, nous reprendrions le chemin
de Swinemünde, mais par la route, cette
fois, et ostensiblement.

Cette question une fois réglée, il ne
s'agissait plus que de passer le temps le
plus agréablement possible. Nos hôtes nous
demandèrent des chansons françaises et,
avant tout, la *Marseillaise*. Blanchard avait
une voix superbe et, de ce côté, du moins,

je ne suis pas absolùment maltraité par la nature. Nous mîmes donc tout notre talent pour rendre de notre mieux ce chant, légendaire dans toute l'Europe. Après la Marseillaise, on nous demanda autre chose, puis autre chose encore... Chacun sait combien les Allemands sont mélomanes. Ils chantèrent à leur tour de ces chœurs où ils excellent. Ayant eu l'imprudence de laisser échapper que j'avais appris le violon, quand j'étais au collège de Blois, j'en vis aussitôt un sortir de sa boîte; on me l'offrit gracieusement en me priant d'enchanter l'assemblée par mon ta lent...

Hélas! ce talent se réduisait à si peu de chose que j'eus toutes les peines du monde à râcler convenablement quelques variations de Mozart, quelques bribes du Carnaval de Venise, quelques lambeaux de Viotti. Combien je regrettai alors d'avoir si souvent fait enrager mon vieux professeur de musique, M. Motte, et d'avoir, en dernier lieu, jeté un jour mon violon aux orties, en me convainquant que je ne serais jamais un Paganini !...

Malgré mon insuffisance, cependant, quelques coups d'archet assez bien appliqués m'attirèrent les suffrages enthousiastes des gens simples et peu exigeants qui m'écoutaient. Notre soirée dégénéra en concert ; puis enfin, après un copieux souper, suivi de moos de bière et de pipes pantagruéliques, nos hôtes nous laissèrent nous reposer dans un lit, allemand, il est vrai, mais où nous étendîmes avec délices nos pauvres membres. Nous étions exténués et la longue séance entremêlée de chants, de repas, de conversations laborieuses avec des gens comprenant peu ou point le français, avait porté à son comble notre besoin de dormir, après les trente-six heures de fatigues inouïes que nous avions fournies. Malgré la perspective du sort qui nous attendait le lendemain, nous ne fîmes qu'un somme.

Au point du jour, nos amis de la veille
vinrent nous réveiller pour déjeuner avec
eux. Le bourgmestre nous remit sa lettre
pour le commandant. Tout le village était
dehors pour nous voir partir. Blanchard
glissa dans la main de l'hôtesse les quelques sous qui formaient presque toutes
ses épargnes. Quant à moi, comme mon
capital ne se composait que d'espérances,
je ne pus prodiguer que des *danke, danke,*
merci, merci !

Le maître d'école, accompagné d'une
grande partie de ses élèves, vint nous faire
la conduite jusqu'à une distance d'au moins
deux kilomètres. Comme nous nous mon-
trions reconnaissants de sa sympathie et de
ses bons offices, il nous répondit simplement :

— J'ai fait pour vous ce que nombre de
vos concitoyens font, en France, à nos
pauvres soldats. Beaucoup sont des brutes,
je le sais, qui se comportent indignement ;
mais beaucoup aussi obéissent à la force et

le déplorent. Les peuples devraient tous être frères.

Cet homme était un sage. C'est probablement pourquoi il n'était que simple maître d'école dans une bourgade de pêcheurs perdue dans une petite île de la mer Baltique.

Chemin faisant, nous agitâmes la question de savoir si nous devions remettre au commandant de place la lettre du bourgmestre. Nous ignorions ce qu'elle contenait et l'effet qu'elle pourrait produire. Réflexion faite, puisque nous nous attendions au pire, elle ne pouvait guère aggraver notre situation. Il fut donc décidé qu'elle serait remise à son destinataire. D'ailleurs, nous avions confiance dans notre brave maître d'école qui nous l'avait fait avoir. Puis, d'après lui, les bruits de paix qui circulaient depuis un certain temps prenaient de la consistance et cela pouvait influer aussi sur la décision qui allait être prise à notre égard.

— Va donc pour la lettre au commandant, dis-je. Quel malheur de ne pas connaître l'allemand, on l'aurait ouverte pour savoir ce qu'elle contient. Je suis curieux de savoir ce que ce brave bourgmestre peut dire pour faire excuser notre fugue par un commandant prussien.

Nous parcourûmes en six heures la distance que nous avions mis deux nuits et un jour à franchir en allant. Mais alors, perdus dans les bois, nous cachant, incapables de nous orienter par cet ouragan de neige, qui avait failli nous engloutir mille fois, nous avions erré au hasard, faisant dix fois le chemin nécessaire.

Quelques kilomètres avant d'arriver à la forteresse, nous entendîmes soudain le bruit des pas de plusieurs chevaux, mêlé à un cliquetis significatif. Nous consentions à reprendre notre chaîne, puisque force nous était, mais nous répugnions énormément à être ramenés au camp entre deux uhlans, comme des condamnés, après un délit infamant. En conséquence, nous nous

jetâmes dans le bois et nous nous apla-
tîmes ventre à terre dans la neige, derrière
une petite proéminence.

Quelques instants après, nous voyions
passer deux soldats à cheval, le casque à
pointe en tête et enveloppés de leurs sinistres manteaux noirs. Evidemment, ils
étaient à notre recherche; ils jetaient des
regards dans toutes les directions, et nous
crûmes même que l'un d'eux, du haut de
sa selle, nous avait aperçus, car il sembla
faire un mouvement pour retenir son cheval. Cependant, ils passèrent, à notre
grand soulagement.

Dès que le bruit des sabots des chevaux
sur la neige gelée eut cessé de se faire entendre, nous continuâmes notre route, mais
en prenant des précautions et en nous
tenant aux aguets pour éviter de semblables rencontres. Trois quarts d'heure
après, nous arrivions aux baraquements,
fièrement, bras dessus, bras dessous, en
chantant la *Marseillaise* à tue-tête.

XI

COUP DE THÉATRE

Notre entrée triomphale produisit immédiatement le résultat que nous avions
prévu : ébahissement de nos compagnons
de captivité, bouleversement de nos geôliers, furieux de s'être laissés jouer.

Nous fûmes aussitôt appréhendés au
corps et conduits au poste par un piquet
nombreux, qui nous montrait, par son
effarement, l'importance qu'on nous attri-
buait.

Résignés à tout, nous riions effrontément
au nez de nos gardes, qui, lorsqu'ils nous
eurent bien et dûment enfermés dans la
salle du rapport, avec des sentinelles par-

10

tout où il était possible d'en placer, firent
en toute hâte prévenir le commandant de
Swinemünde.

— Notre affaire est claire, dit Blanchard.
Pourvu qu'ils nous expédient promptement ! Enfin, nous aurons toujours la con-
solation de nous dire, en passant l'arme à
gauche, que nous mourons comme des
soldats doivent mourir : d'une ou plusieurs
balles dans la carcasse, au lieu de crever
misérablement sur une paillasse d'hôpital,
comme tant d'autres de nos camarades.

— Amen ! fis-je.

Quand le commandant entra dans la
salle, il avait les sourcils froncés et un air
qui ne présageait rien de bon Il nous in-
terpella vivement, en assez bon français,
et commença notre interrogatoire :

— Ah ! vous voilà ! Comment vous
êtes-vous échappés

— En passant au nez des sentinelles.

— Vous les avez séduites, gagnées, gri-
sées ? Vous aviez de l'argent ?

— Pas un rouge-liard, mon commandant.

— Comment avez-vous fait?

— Mon commandant, vous nous per-
mettrez de ne pas vous en informer. Vos
sentinelles avaient froid et nous sommes
agiles.

— Où êtes-vous allés?

— A Misdroy, mon commandant... et
voici une lettre qu'on nous y a donnée
pour vous.

Il prit la lettre et l'ouvrit vivement.
Après la lecture :

— Ah! ah! fit-il, vous êtes allés donner
un concert à Misdroy? Vous êtes artistes ?

Si le commandant se fût adressé à moi à
ce moment, mon air ahuri lui eût certainement inspiré des soupçons ; mais c'était à
Blanchard qu'il parlait et celui-ci ne se
déferrait pas pour si peu. Il répondit donc
avec un imperturbable sang-froid:

— Oui, mon commandant.

— Vous êtes chanteur?

— Oui, mon commandant.

— Et vous, violon?

Le ton m'était donné. Je répondis donc, avec la même assurance que mon camarade.

— Oui, mon commandant.

Mais, en moi-même, je me disais : que diable ont-ils conté dans cette lettre?

— Ainsi, reprit le commandant, après avoir relu la lettre qu'il tenait toujours à la main, ainsi, vous n'aviez d'autre but, en vous échappant, que d'aller vous faire entendre, de tâcher de vous faire connaître de façon à vous procurer plus tard un engagement au théâtre de Stettin?

..... Braves gens de Misdroy ! Quelle fable ingénieuse ils avaient imaginée Nous commencions à voir clair, aussi, répondîmes-nous en chœur :

— Oui, mon commandant.

— Pourquoi ne vous êtes-vous pas adressés à moi, au lieu de vous enfuir comme des déserteurs et de me forcer à sévir contre vous ?

— Mon commandant, nous n'avons pas
osé... Puis, nous sommes Français et artistes ; c'est une double raison pour être
aventureux.

— Je sais, reprit-il, tandis que sa figure
se déridait complètement, que, par suite
de la guerre, le théâtre de Stettin se trouve
désorganisé. Vous engagez-vous, la paix
signée, à y entrer tous deux ?

J'eus un serrement de cœur, car j'avais
autant envie de m'engager dans une troupe
d'acteurs, — surtout prussiens, — que de
me faire Grand-Lama. Pourtant, il s'agissait de notre vie et, bien que tout à l'heure
nous en eussions fait le sacrifice, cependant
s'il y avait moyen de la conserver, autant
en essayer. A vingt-cinq ans, on a encore
beaucoup de ces illusions d'optique qui
vous font voir l'avenir à travers des couleurs chatoyantes.

Nous échangeâmes un coup d'œil, Blanchard et moi, où toutes ces pensées se ré-
sumaient, et nous répondîmes affirmati-

vement, à la question du commandant.

— Voilà qui est entendu, dit-il. J'ai à Stettin des connaissances que je ferai agir, quand le moment sera venu, pour vous procurer un engagement, après examen pour juger de votre talent, Vous avez joué dans les théâtres de Paris, paraît-il?

— Oui, mon commandant, répondit effrontément Blanchard, sans sourciller.

— J'aime beaucoup la musique, reprit le commandant, et, si ça n'était pas contraire aux règlements, je vous aurais fait venir un soir chez moi, pour donner à mes amis et à moi un échantillon de votre répertoire. Mais, après ce qui s'est passé, je suis obligé de vous punir. Je prends sur moi de ne vous infliger que quinze jours de cellule... Sans cette lettre, où un homme que j'estime beaucoup demande mon indulgence pour votre escapade d'artistes, vous auriez été passés par les armes... Vous connaissez le règlement : tentative d'évasion : *mort!*... Or, ce n'est pas d'une tenta-

tive que vous vous êtes rendus coupables ;
c'est en réalité d'une belle et bonne évasion, accomplie avec une rare audace. Seulement, comme vous êtes revenus de vous-
mêmes vous reconstituer prisonniers, j'use
de circonstances atténuantes... Allez !

Aussitôt, plusieurs hommes armés et le
fusil chargé, nous entourèrent et nous
fûmes, sans autre jugement, conduits dans
les casemates du fort et enfermés dans ce
qu'on nommait une cellule.

XII

EN CELLULE

Quand nous fûmes seuls, nous nous regardâmes tous deux et nous partîmes d'un éclat de rire.

— Eh bien ! dis-je à Blanchard, tu as fait une belle besogne. Nous voilà condamnés à nous faire cabotins prussiens.

— Bah ! fit-il insoucieusement ; d'ici là il passera bien de l'eau sous les ponts, et nous trouverons bien un moyen pour rompre notre engagement, s'il s'effectue jamais. L'important était de nous tirer du guêpier où nous étions, et nous y avons réussi, grâce à cette bienheureuse lettre. Ce bourgmestre est tout de même un brave homme, et le commandant une fière ganache, sans vouloir lui manquer de respect.

— Oui, mais que serait-il advenu s'il avait eu l'idée de nous mettre à l'épreuve ?

— Ah dame !... Il ne l'a pas fait, aussi ; preuve que notre bonne étoile veillé sur nous. Justement, notre incapacité pourra nous servir plus tard si jamais, la paix faite, on se souvient encore de ce projet d'engagement. Quand on nous verra à l'œuvre, on s'empressera de nous mettre à la porte... En attendant, nous sommes en vie : quinze jours de cellule seront bientôt passés. Qui vivra verra.

Nous étions excessivement fatigués. Nous avions encore dans nos poches quelques croûtes de pain et quelques pommes de terre, données par nos hôtes de Misdroy. Après avoir apaisé notre faim, nous nous étendîmes sur la planche qui servait de lit, et nous nous endormîmes aussitôt. Ce ne fut que le lendemain, au réveil, que nous envisageâmes l'horreur de notre cachot.

Qu'on se figure un cube de pierre creux ; une sorte de soupirail, pratiqué dans le haut d'une des parois, laissait glisser à l'intérieur une lueur grise, sinistre, funéraire ; l'air, vicié et raréfié comme celui d'un tombeau, se respirait avec peine. L'odorat était péniblement affecté d'une odeur de moisissure et d'humidité saline suintant le long de ces murailles, évidemment situées au-dessous du niveau de la mer. Une sorte de végétation cryptogamique revêtait les murs, par endroits, comme de plaques lépreuses, et des insectes hideux hantaien les fissures de la pierre. Aucun bruit humain ne parvenait dans ce tombeau ; seul, le roulement monotone et cadencé de la mer, déferlant contre les assises de granit de la forteresse, venait augmenter de son éternelle et fatigante mélopée l'horreur de ce lieu. C'était le cachot classique, le *carcere duro*, dans toute sa nudité et son horreur.

Il me rappelait d'une façon saisissante le fameux cachot de pierre du château de Blois, où fut enfermé le cardinal de Lorraine, frère du duc de Guise. Je n'y étais jamais entré sans une sorte de sentiment de défiance et d'appréhension involontaire, craignant instinctivement de voir la lourde porte de fer se refermer sur moi, par mégarde... Et maintenant, j'étais moi-même plongé en réalité dans une oubliette semblable, encore plus horrible, peut-être.

Pour quinze jours seulement, il est vrai ; mais les jours devaient se décupler par la lenteur des heures, qui semblaient se traîner, dans cet antre, d'une façon désespérante.

Quand nous eûmes terminé l'inspection de notre caverne, nous revînmes nous asseoir sur notre lit de camp.

— Deux mois là-dedans, dit laconiquement Blanchard, et j'en sortirais fou.

— Et moi idiot, répondis-je.

Français qui me faites l'honneur de lire

ces souvenirs, n'oubliez pas que des cen-
taines de nos soldats ont été ensevelis
vivants en de semblables oubliettes. Un de
nos compagnons de captivité, entre autres,
un malheureux turco, y fut enfermé pour
un léger manquement et n'en sortit qu'à
la signature de la paix. Ce n'était plus qu'un
squelette, un fantôme, un cadavre animé
de mouvements convulsifs et saccadés,
comme si une apparence de vie lui eût été
seulement communiquée par une pile vol-
taïque.

Le crime de ce pauvre diable, qui com-
prenait fort peu le français, avait été de
ne pas comprendre l'allemand, et, par conséquent, de ne pas obéir à un ordre glapi
en cette langue par un sergent grincheux.
Coups du sergent au turco : rebiffade du
turco, qui ne s'expliquait pas d'où lui
venait cette grêle de taloches. Conséquences : arrestation du turco ; rapport du
sergent ; comparution dudit turco devant
le conseil de guerre, sous l'inculpation de

refus d'obéissance, révolte, coups à un supérieur, etc., etc. En définitive, condamna-
tion à six mois de cellule, le conseil ayant
bien voulu admettre des circonstances
atténuantes en faveur du malheureux cou-
pable qui, du premier mot au dernier, n'en
avait pas compris un seul, vu qu'il n'enten-
dait que l'arabe et le sabir...

Celui-là, dont l'âme était sans doute
chevillée au corps, sortit vivant de son
cachot. Combien d'autres n'en sortirent
que pour aller pourrir dans les cimetières
de cette terre étrangère! Combien de nos
pauvres camarades, pour un oubli, une
légère infraction à une discipline arbi-
traire et ultra-rigoureuse, sur le rapport
d'un sergent ou d'un caporal gonflés de leur
importance, furent punis de peines sévères
et ne revinrent plus!

Nous perdîmes promptement la notion
du temps, dans notre antre, où le jour ne
parvenait que par infiltrations et par quan-
tités infinitésimales. La seule chose qui eût

pu nous servir de point de repère eût été
la visite du gardien, qui nous apportait
notre nourriture, mais nous ne pûmes
jamais nous convaincre que cet homme
vînt régulièrement; notre estomac se refu-
sait absolument à une pareille idée.

Ramassés, accroupis, pelotonnés sur nos
lits de camp, nous attendions, avec la pa-
tience du désespoir, qu'un bruit de pas
lents, traînants, lourds vînt enfin nous annoncer l'approche d'un être humain. Nous
regardions avec anxiété, du côté de la porte
bardée de fer de notre cachot, qu'un faible
rayon de lumière vînt se glisser sur le
pavé gluant; puis, le bruit de la clé dans
la serrure rouillée, qui ne cédait jamais
qu'après de vigoureux efforts, et enfin,
l'homme, se glissant par l'huis entr'ouvert
qu'il refermait vite et consciencieusement
derrière lui. Jamais il n'échangeait une
parole avec nous, bien que, rien que pour
entendre une autre voix que les nôtres, nous
fissions tous nos efforts pour le faire causer.

C'était un vrai Teuton, à la rouge cri-
nière, cheveux et barbe, encadrant une face
rouge aussi, au mufle léonin ; il devait con-
sommer plus de *brandwein* que d'eau de la
cruche, — la cruche classique des prisons,
— qu'il nous apportait. Quant à la nourriture, c'était celle que nous avions toujours
eue : ne pouvant être pire, elle était pareille, comme qualité; mais, sans doute
pour mieux nous faire comprendre que
nous étions punis, on avait encore ro-
gné sur la quantité, déjà si minime. Il y
avait juste de quoi nous empêcher de
mourir de faim. Blanchard prétendait qu'il
voyait clair à travers mon corps, quand
la lanterne du guichetier venait, pour
quelques instants, éclairer notre antre.

Aucune distraction n'était possible dans
notre prison où, sur vingt-quatre heures,
nous en avions au moins dix-huit d'obscurité complète, et le reste qui ne valait
guère mieux. C'était un avant-goût de la
tombe; et rappelant nos souvenirs clas-

siques, nous pouvions nous comparer aux
anciens Pharaons d'Egypte, clôturés, mo-
mifiés dans leurs hypogées. Pourtant, cette
comparaison ne flattait nullement notre
orgueil, et, comme disait Blanchard, nous
eussions mille fois préféré ressembler à
un chien vagabond en vie, qu'à tout une
lignée de rois morts et enterrés.

Nous essayâmes de jouer à pigeon-vole,
à la main chaude, en ne frappant que d'un
doigt au lieu de toute la main, afin de si-
muler une quantité de joueurs ; mais ces
pauvres essais n'eurent aucune suite. Le
découragement et l'ennui nous renvoyaient
bientôt sur notre planche, frissonnants,
glacés, tremblants de la fièvre des prisons,
de faim, de besoin, et écoutant, dans
une somnolence imbécile, idiote, le bruit
rauque et rythmé des flots, sur lequel venaient s'adapter un air et des paroles, toujours les mêmes, avec une persistance fatigante, désespérante, abrutissante.

En vain, j'essayais de rompre le charme,

de siffler, de parler, de remuer; au moindre instant de calme, l'air reprenait où je l'avais interrompu, les paroles se détaillaient syllabiquement, pour ainsi dire, scandées imperturbablement par les rugissements des vagues. Le seul remède à cette obsession était de me boucher les oreilles avec mes doigts; mais mes mains engourdies et glacées retombaient bientôt à mes côtés, cherchant à se réchauffer un peu sous mon corps frissonnant.

Parfois, lorsque le guichetier tardait à venir, ou que l'insomnie avait encore rallongé pour nous les heures, dejà si longues, une idée horrible traversait notre cerveau... Si nous étions oubliés dans ce sarcophage !... Affaiblis comme nous l'étions, une terreur folle, insurmontable, s'emparait de nous à cette perspective atroce. Nous frappions à la porte de notre cachot, nous meurtrissant les mains contre les épaisses ferrures; nous tournions, comme des bêtes fauves, autour des murs,

cherchant une fissure, un joint à agrandir;
nous essayions, en nous faisant la courte
échelle, d'atteindre au soupirail... Mais
tout était solide, verrouillé, cimenté; nos
cris étaient étouffés par l'épaisseur des murailles et le bruit des vagues.

— Quinze jours ! rugissions-nous avec
une fureur folle ; quinze jours !... Le commandant s'est moqué de nous ; il a semblé
s'humaniser, mais c'était pour nous punir
plus durement... Ces Allemands sont tous
de raffinés hypocrites. C'est quinze mois,
quinze ans que nous allons passer ici !... Il
y a déjà un temps indéfini que nous y
sommes... ou plutôt, nous allons y pourrir
comme dans une oubliette, abandonnés,
perdus, oubliés à dessein !... Deux Français,
deux prisonniers de plus ou de moins, qui
donc s'occupera jamais de cela !... Qui
donc saura jamais ce que nous sommes de-
venus? Disparus !... voilà ce qui sera répondu si jamais quelqu'un réclame après
nous!.., Oh ! n'eut-il pas mieux valu cent

fois nous fusiller à la face de tous, sous le ciel gris, que de nous leurrer d'une indulgence qui n'a servi qu'à masquer le plus horrible des supplices, la plus affreuse des morts !

Après ces atroces moments de désespoir ces transports de folie, nous retombions dans une apathie hébétée, atone, d'où la venue du geôlier venait enfin nous tirer. Alors, un peu d'espoir rentrait dans notre cœur, tant que notre estomac avait un peu de nourriture à digérer ; mais bientôt, les hallucinations de la faim, du froid revenaient nous hanter sous une forme ou sous une autre.

Nous voyions nos parents éplorés s'informer de nous à tous les échos, errer sur les champs de bataille à la recherche de notre cadavre, nous revoyions toutes ces faces blêmes et convulsées par les affres de la mort ; ces horribles blessures, ces membres épars, ces boues sanglantes où les pieds enfonçaient, glissant dans ces

flaques rouges où nos souliers se tei-
gnaient... Nous nous voyions, nous aussi,
morts de faim dans notre tombeau... puis,
tout se mêlait, s'enchevêtrait, tourbillonnait dans un mouvement de rotation, étourdissant, fatigant, au bruit monotone de
la mer, que je retrouvais toujours, tantôt
simulant le roulement du canon, tantôt
imitant un solennel *De Profundis!*...

Dans les moments d'accalmie, je comprenais parfaitement que je devenais fou,
sous les multiples influences de la faim, du
froid, de l'ennui, de l'oisiveté et de la
fièvre.

XIII

LA PAIX

Enfin, un jour, notre guichetier apparut escorté de quatre ou cinq hommes, l'arme au bras. On nous fit sortir de notre cellule, traverser les sombres corridors, gravir les escaliers de pierre, et enfin, enfin, nous nous vîmes libres... Liberté bien restreinte, puisque nous étions toujours prisonniers; mais nous avions de l'air à respirer, des mains à serrer, des visages amis à revoir,

Tout est relatif en ce monde. Ce qui nous avait paru si horrible trois semaines plus tôt, nous semblait maintenant le paradis; ce triste ciel gris et bas de Poméranie — notre belle Poméranie, comme disait un officier poméranien, tant il est vrai que, pour chacun, la *patrie* est le plus beau de tous les pays ; — ce triste ciel gris eût-il été entr'ouvert et nous eût-il montré toutes les splendeurs de la gloire promise aux élus, que nous n'eussions pas été plus ravis de le contempler sur nos têtes.

Une grande, une heureuse nouvelle vint encore ajouter à notre ravissement, à notre extase : la paix allait être signée !!!... Quels serrements de mains, quelles accolades dans les baraques ! Que d'exclamations, de questions, de félicitations ! Nous étions de ceux qu'on ne croyait plus revoir.

La paix fut effectivement signée, trois ou quatre jours après notre sortie du cachot : le 3 mars. Pour fêter cette grande nouvelle qui était aussi chaudement accueillie par les Prussiens que par nous, on nous mena le lendemain, 4 mars, à la promenade sur les bords de la mer et le long de la jetée qui, à l'embouchure de l'Oder, s'avance dans la Baltique. D'un côté de la jetée à

gauche, sur l'Oder, la glace se montrait
encore aussi épaisse, aussi entassée; mais,
sur la droite, le long du rivage de la mer, le
flot libre venait se briser en écumant
contre les murailles de la jetée.

Une idée folle se présenta soudain à mon
cerveau, évidemment sous l'impression de
la joie causée par la signature définitive de
cette paix, après laquelle nous aspirions depuis si longtemps. En un clin d'œil, je me
dépouillai de mes habits, — mes haillons,
veux-je dire, — et, prévenant d'un mot
quelques camarades, afin qu'on ne crût
pas à un suicide, je me précipitai à l'endroit où le remous produisait un tourbillon
écumant.

Je suis excellent nageur et n'avais rien
à craindre, mais mon plongeon produisit
aussitôt le résultat que j'en attendais un
peu, je l'avoue : chacun, Français et Allemands, poussa des exclamations de stupeur
en me voyant évoluer au milieu des vagues.
L'eau était froide, comme on pense, et me

gardait comme des milliers de piqûres d'aiguilles; mais, grâce à ma subite immersion, je n'avais pas à craindre qu'elle paralysât mes mouvements, à la condition de n'y pas faire un trop long séjour.

J'y demeurai de sept à huit minutes, bondissant comme un triton au milieu des lames courtes de la Baltique. Lorsque j'en sortis, tout mon corps, fouetté par l'eau de mer, était rouge comme un homard cuit, mais je ne sentais aucune impression de froid.

Je me rhabillai promptement, au milieu des hourrah! et des éclats de rire. Les soldats allemands se frappaient le front, voulant faire comprendre que j'étais un peu fou, — ce qui aurait fort bien pu être, après les épreuves passées; mais mes camarades et moi protestions énergiquement. Le lieutenant commandant le détachement vint à moi, comme je finissais ma toilette, et, me frappant sur l'épaule, me fit signe de le suivre. Cette action me causa une

plus pénible impression de froid que mon
bain glacé. Je crus à une nouvelle punition... mais, fort heureusement, c'était
tout le contraire.

L'officier — un grand diable blond
d'assez bonne figure et à trogne enluminée
— m'emmena dans une sorte de cabaret peu
éloigné, où il me fit servir un grand verre
d'un certain mélange composé, je crois,
d'un peu de rhum et de beaucoup d'eau-de-
vie de pomme de terre, et qu'on nommait
à Swinemünde *kornedrom*.

— Bon ! bon ! monsieur, me dit-il, en
me voyant hésiter devant une aussi co-
pieuse ration ; bon après le bain, Monsieur !

J'avalai la dose, bon gré, mal gré, ne
voulant pas choquer ce grand gars, qui
parlait du ton convaincu de quelqu'un affir-
mant l'excellence d'un remède souvent ex-
périmenté. Je ne saurais jurer, par exemple,
que je ne voyais pas un peu trouble après
une pareille absorption. Mais, le fait est

que je n'eus même pas un rhume de cerveau.

Il est bon de dire que, sous une apparence assez chétive, je cache un tempérament de fer, qui m'a permis de résister là où mille autres, à ma place, auraient succombé. Affaibli par les misères accumulées depuis plus de six mois et par les récentes angoisses de la prison, j'ai peine à comprendre moi-même, maintenant, la force de résistance de ma nature, quelque bien trempée qu'elle soit. Empressons-nous d'ajouter pourtant, que l'espoir et la joie, ces deux guérisseurs souverains, agissaient puissamment alors. La paix n'était-elle pas signée? Et la paix, n'était-ce pas la fin de la captivité, de la misère; le retour au pays, au foyer, auprès des siens qu'on apprend à aimer d'autant plus qu'on en a été plus longtemps éloigné, et qu'on s'est vu plus souvent exposé à ne plus les revoir? Rien que cette idée eût fait revivre un mort...

ll y avait bien une ombre à ce séduisant
tableau, une ombre obsédante qui revenait
toujours se placer entre moi et la liberté :
cette promesse faite au commandant de
m'engager parmi les acteurs de Stettin.
Blanchard prenait la chose bien délibéré-
ment, se fiant à son imagination, fertile
en expédients pour se dépétrer à l'occasion. Au pis-aller, il pouvait faire figure
durant un court laps de temps ; il chantait fort bien et fort agréablement, comme
presque tous les parisiens, et avait un
fonds inépuisable de refrains de tous
genres ; de plus, il avait quelques no-
tions de musique. Mais moi, qu'on avait eu
la malencontreuse idée de faire passer
pour un violoniste distingué, que devien-
drais-je au premier examen sérieux ? Je
passerais pour un imposteur et le commandant, apprenant que je m'étais joué de lui,
me punirait certainement avec la dernière
rigueur. Et alors, adieu la liberté, cette
bienheureuse liberté rêvée et entrevue,

adieu la France, le pays, les amis... Je serais réintégré dans l'horrible cellule, absolument seul, sans doute, pour y pourrir ou y perdre la raison.

Cette idée me torturait, et je me creusais la tête pour trouver une échappatoire — que je ne trouvais pas. La Providence, le hasard, ma bonne étoile ou toute autre intervention heureuse, vint à mon secours en cette occurrence critique : le commandant reçut son changement deux ou trois jours après la signature du traité de paix. Il vint faire ses adieux à la garnison du fort de Swinemünde, en grand appareil.

Ce n'était pas un méchant homme que ce commandant, et je l'aurais regretté en toute autre circonstance : mais je dis franchement que son départ me procura un grand soulagement. Son successeur ne le valait pas, et nous nous répétâmes souvent après que nous ne nous serions pas tirés d'affaire à si bon compte avec lui.

Hélas! que nous étions loin encore de voir la fin de notre captivité! Nous nous étions figuré que, la paix signée, c'était la liberté. Il nous fallut bien vite en rabattre de notre joie. La seule modification que la cessation des hostilités apporta pour nous fut de nous dispenser du travail. On nous conduisait promener à certains jours, soit sur la jetée, soit au bord de la mer, mais l'escorte était toujours là. On obtenait aussi, de temps en temps, la permission d'aller, à quatre ou cinq, faire un tour dans la ville, durant un certain nombre d'heures, mais jamais sans un soldat prussien, armé de son fusil tout chargé. — Un garde du corps, — comme nous disions. Il venait partout avec nous, s'asseyant à notre table à la taverne ou au restaurant, ne refusant jamais ni de boire, ni de manger, ni de fumer, quand l'occasion lui en était offerte, mais à cheval sur la consigne reçue au départ, et nous montrant l'heure du retour, ou nous barrant le chemin de son fusil à

baïonnette, si quelque récalcitrant se re-
fusait à lui obéir.

Un jour, ayant reçu quelque argent de
chez nous, nous obtînmes, moi quatrième,
une permission de sortie de deux heures.
Nous nous rendîmes à Swinemünde, dans
une brasserie, où nous fîmes un copieux
repas de saucisses, de pommes de terre et
de poisson, — toutes choses fort peu
chères. Nous tenions beaucoup plus à la
quantité qu'à la qualité, vu notre jeûne
perpétuel. En sortant de l'échoppe où nous
avions fait cette ripaille, nous avisâmes
un atelier de photographie. Nous consul-
tâmes l'état de nos finances ; quelques
groschen restaient encore dans nos escar-
celles. Nous entrâmes chez le photographe,
lui demandant de nous portraiturer tous
quatre en groupe.

L'artiste, — un Polonais, — se mit aussitôt en devoir de nous satisfaire, et nous
montra bientôt un cliché réussi. Quelle ne
fut pas notre mortification en y apercevant,

planté droit derrière nous assis, notre
garde prussien, étalant de plein-face sa
large figure barbue, au mufle aplati, et
flanqué de son inséparable fusil, augmenté
de sa baïonnette... Nous n'étions pas assez
riches pour faire recommencer l'épreuve
et, d'ailleurs, c'eût été inutile, car nous
étions bien convaincus que le même acci-
dent se fût représenté, les Prussiens ayant
une véritable passion pour les photogra-
phies, et notre soldat ne nous quittant pas
d'une semelle. Nous en prîmes donc notre
parti. J'ai encore un exemplaire de cette
photographie, — très bien faite, — nous
représentant avec nos figures hâves et
maigres, nos haillons de prisonniers et
notre argousin derrière nous. Il ne nous
manque que des menottes aux poignets ou
un boulet aux pieds.

L'argent arrivait un peu de chez nous,
mais si peu... Il n'y avait jamais de quoi se
restaurer complètement, car naturellement
on était toujours plusieurs camarades.

Chacun à son tour, et selon la somme disponible, invitait ceux dont il avait reçu des politesses et, bien que nos régals fussent beaucoup plus que modestes, nous ne pouvions jamais arriver à satisfaire complètement notre appétit. Notre corps, décharné par un jeûne de six ou huit mois, eût demandé des repas pantagruéliques durant une période prolongée, pour se rassasier. Nous n'avions plus littéralement que la peau sur les os. Parfois, dans nos promenades, nous achetions, pour quelques *groschen*, des plies aux pêcheurs et, rentrés aux baraques, nous les faisions frire dans nos gamelles, avec de la graisse achetée à la cantine ; mais qu'était-ce qu'un peu de poisson ? Ce qui nous manquait, surtout, c'était le pain, notre bon pain français si léger et si nourrissant. Le peu de pain que l'on nous distribuait, lourd, noir, mal fait, indigeste, ne faisait que passer dans notre estomac, n'y laissant aucun principe substantiel, et provoquait des diarrhées affai-

blissantes, dont beaucoup dégénérèrent en
dysenteries impitoyables.

La pêche est fort abondante à l'embouchure de l'Oder. Quand nous le traversions
sur la glace pour aller en corvées à Swinemünde ou lorsque nous étions en promenade sur ses rives, nous voyions les pêcheurs faire des trous dans la glace, épaisse
de plusieurs pieds, et jeter dans ces trous
des lignes amorcées. Ils les retiraient
bientôt, chargées de lourds et magnifiques
saumons, — les saumons renommés de
l'Oder, — que l'on fait fumer et qu'on ex-
pédie par toute l'Allemagne. Combien de
fois n'ai-je pas regardé avec convoitise ces
superbes poissons dont beaucoup étaient
gros comme un enfant d'un an. Je crois
que j'aurais mordu à belles dents dans leur
chair toute crue, si rose et si ferme. Que
le sort préserve mes lecteurs de jeûner
aussi longtemps que nous; il y avait
des instants où je comprenais l'anthropo-
phagie.

12

Après les premiers transports de joie
causés par l'annonce de la paix, nous re-
tombâmes bien vite dans le sentiment de
la triste réalité. Nous nous étions imaginé
que nos misères allaient prendre fin et que
nous allions promptement quitter ce pays
froid, neigeux, glacé, ce ciel implacable-
ment gris; cette mer aux lames noires, ces
horizons funéraires de sapins en deuil,
comme toute cette nature hivernale.

Oh! revoir notre pays, notre pauvre
France affaiblie, sanglante, mutilée, mais
qui nous apparaissait toujours, à travers le
prisme de l'éloignement, si belle, avec
son ciel changeant, ses alternatives de
beaux et de mauvais jours, son climat
bénin, comparé à celui dont nous suppor-
tions les morsures cruelles depuis si longtemps!

Quand donc! quand donc dirions-nous
adieu pour toujours à cette terre de captivité si inhospitalière pour nous?... Adieu
à ce donjon moisi, qui dressait dans les

brumes de la Baltique ses murailles ré-
barbatives ?... Le découragement s'emparait de nous, et tel, qui avait supporté
bravement les mois de misères passées,
quand les hostilités, toujours renaissantes,
ne nous laissaient aucun espoir de retour
prochain, se laissait aller maintenant au
spleen, à la nostalgie, ou trouvait enfin le
terme de ses forces et tombait misérablement malade.

— *Krank!* disait le chirurgien à sa visite
du matin, en voyant le pauvre diable
trembler de fièvre sous sa couverture.

On l'emportait à l'hôpital, et il était bien
rare qu'on revît le pauvre garçon.

Puis, une chose nous désolait : les envois de troupes prussiennes en France
continuaient toujours. Pour nous, qui
n'étions au courant de rien de ce qui se
passait, qui étions en quelque sorte tenus
au secret, sans autres nouvelles que celles
que nous rabâchaient quelques sergents
allemands, à leur manière et pour nous

mortifier, ces envois avaient une significa-
tion grosse de menaces. Les troupes de la
Landwehr qui nous avaient gardés à Swinemünde firent place à la *Landsturm*, composée, comme chacun sait, d'hommes de
cinquante à soixante ans. Ces pauvres vé-
térans, il faut le dire, maudissaient la
guerre de toute leur âme, et plusieurs, au
cours des promenades sur la plage, tandis
que, pour passer le temps, nous cherchions
de l'ambre parmi les galets, employaient le
peu de français qu'ils savaient à nous
dépeindre leur triste sort, obligés qu'ils
étaient de quitter, pour le service militaire,
leur foyer, leur commerce, leurs champs,
leurs fermes, tandis que leurs fils se trouvaient, de leur côté, servir et se battre dans
l'armée active. Tous les jeunes gens, depuis
l'âge de seize ans, étaient partis. Plusieurs
de ces pauvres vieux avaient vu un, deux,
trois enfants tués ou blessés en France,
tandis que, pour beaucoup maintenant, leur
présence sous les drapeaux et leur absence

de la maison causait, soit la misère pour la femme et les enfants les plus jeunes, soit la ruine ou un grave préjudice, selon que l'homme était un artisan ou un commerçant. Beauté de la guerre !... tu es la même partout, pour le vainqueur comme pour le vaincu ; chacun la maudit, chacun en souffre, et cependant, depuis que le monde est monde, depuis Caïn tuant Abel, il y a eu la guerre, et, tant que le monde sera monde, on se combattra.

Qu'on ne me parle pas de ces utopistes, de ces rêveurs, de ces visionnaires qui chantent une paix universelle. La guerre est en quelque sorte innée, inhérente à la nature ; deux poulets sortant de l'œuf se battent pour une miette de pain...

Nous étions au mois d'avril. Les glaces, qui obstruaient l'embouchure de l'Oder, commençaient à se désagréger et à rouler vers la pleine mer où elles disparaissaient bien vite. Quelques pâles rayons d'un soleil, que nous avions désespéré de revoir, se glissaient obliquement sur les couches neigeuses, provoquant un semblant de dégel, qui faisait fondre une partie de l'enduit de glace dont nos baraques étaient tapissées à l'intérieur, et qui se résolvait en une sorte de pluie noirâtre, tombant sur nous, suintant contre les parois et finissant par glisser sur le sol de terre battue, où il formait définitivement le plus beau gâchis du monde.

Nous pataugions dans ce macadam délayé, comme des sangliers dans leur bauge, et, si la température, un peu moins rude, nous procurait d'un côté une sorte d'amélioration, cette amélioration même était compensée et, en quelque sorte, annihilée, par un autre désagrément. Les baraques, qui n'avaient guère jamais été habitables, le devenaient encore moins, si possible était. Nous avions beau essayer de tous les nettoyages et balayages imaginables, le résultat était toujours le même. Les baraques tout entières fondaient petit

à petit, comme les maisons de neige des
Esquimaux, et nous nous demandions parfois ce qu'il en resterait. La nuit, le résidu
se congelait lentement, y compris nos
couvertures, imprégnées d'humidité durant
le jour, et je vous laisse à penser les rhumatismes, les ophtalmies, les bronchites,
les catharres, etc., etc., etc., récoltés durant
cet hivernage.

Un jour, je reçus une lettre de France,
dans laquelle quelques violettes étaient
insérées. Des fleurs !... Au doux et fugitif
parfum qu'elles exhalaient encore, il me
sembla qu'une brise de nos printemps était
venue frapper mon front et j'eus comme un
éblouissement. Chacun, à tour de rôle,
vint contempler ces pauvres petites fleurs
qui parlaient du pays, de verdure, de soleil,
de ciel bleu; notre cloaque fut un instant
oublié. Je montrai avec orgueil mes fleurs
à un de nos Prussiens, qui parut tout surpris:
il devait se passer encore bien des jours
avant qu'on en vît croître sur leur sol ingrat.

XIV

LE FORT WILHELM

Eufin, un matin, l'ordre du départ arriva soudain. Halte !... ce n'était pas le départ pour la France, mais enfin, ce pouvait en être la première étape. Nous rentrions à Stettin. On nous entassa cette fois, non sur des vapeurs comme ceux qui nous avaient amenés, mais sur de méchantes barques pontées, qui embarquaient des lames à chaque instant. Nous avions vent debout, de sorte que le trajet fut long et difficile. Ceux d'entre nous — et ils étaient nombreux, — qui étaient sujets au mal de mer s'en donnèrent à bouche-que-veux-tu.

Nous arrivâmes de nuit à Stettin. Nous

n'étions guère fringants cinq mois plus tôt, au départ, mais nous revenions dans un plus piteux état encore. En quittant nos barques, notamment, nous avions l'air d'une troupe de sales caniches sortant de l'eau. Toute question d'amour-propre et de coquetterie mise à part, nous fûmes bien aises que la nuit nous couvrît de son manteau, — à défaut d'autre, — car il est bien certain que tous les polissons de Stettin se fussent fait un devoir de nous accueillir de pierres, de boules de neige noircie de charbon, d'injures et de huées, si l'heure avancée ne les eût pas tenus tous plongés dans le sommeil de l'innocence.

Nous rentrions huit cents environ, sur les onze cents que nous étions au départ pour Swinemünde. Ainsi, en quatre mois et demi, plus du quart de notre effectif avait été absorbé par la mort, la maladie, la prison. Combien des nôtres demeurèrent impitoyablement enfermés derrière les murs des cachots prussiens, quand leurs

frères d'armes étaient rentrés dans leurs
foyers? Saura-t-on jamais combien cette
terre d'Allemagne, a, comme l'hydre de la
fable, dévoré de nos pauvres soldats.

Nous fûmes réintégrés au fort Wilhelm,
dans nos anciennes baraques. Elles étaient
un peu moins inhabitables que celles de
Swinemünde en ce sens que les murs en
étaient un peu plus épais, quoique ne l'étant
guère effectivement, et que le sol en était
pavé. De plus, se trouvant à l'intérieur du
fort, elles ne recevaient pas directement
l'influence du vent du Nord qui, là-bas, nous
caressait de première main, malgré l'abri
de la carrière. Tout étant relatif, nous nous
trouvions mieux ici; puis, la saison s'adou-
cissait un peu, et l'espoir du retour, pour
mieux dire, nous faisait supporter avec indifférence les désagréments et les misères
sur lesquels nous nous fussions appesantis
autrefois.

Les camarades que nous retrouvâmes
nous apprirent que quelques détachements

de prisonniers avaient déjà quitté Stettin.
Pas beaucoup encore, il est vrai, la Prusse
ne nous rendant que comme à regret et en
rechignant; mais enfin, il fallait bien nous
rendre, en définitive, et un peu plus tôt, un
peu plus tard, notre tour finirait bien par
venir. En discutant à ce sujet, nous ne
pensions plus à nos haillons, à notre faiblesse, à nos yeux presque tous fatigués et
rougis par le froid terrible des nuits glacées
et par la réverbération de la neige; nous
oubliions tout dans l'absorption de cette
idée de retour.

Quelques détachements en effet, par-
tirent tantôt un jour, tantôt l'autre. Trente,
quarante, cinquante hommes étaient conduits au chemin de fer; puis, un certain
temps se passait et tout restait dans le
calme. Nous avions de perpétuelles alternatives d'espoir et de découragement. Quand
donc recevrions-nous notre feuille de
route!

Nous étions moins sévèrement tenus à

Stettin qu'à Swinemünde, car nous avions
la liberté de sortir sans garde — avec auto-
risation spéciale — à de certaines heures.
Mais, d'un autre côté, à la caserne, nous
étions moins tranquilles que nous ne
l'étions ces derniers temps, dans notre île,
où les vieux *landsturm* qui nous gardaient
en dernier lieu, n'avaient pas pour nous de
trop mauvais procédés. Ici, où la garnison
était nombreuse, le service rigoureux et
exact, c'était à chaque instant de nouveaux
appels ou de nouvelles corvées.

La cour du fort, à certaines heures, ré-
gorgeait d'officiers, dans les jambes des-
quels il ne fallait pas se trouver, et qu'il
fallait saluer, selon la mode prussienne, à
chaque rencontre ou à chaque tour qu'ils
faisaient en arpentant la cour. A ces
heures, ceux d'entre nous que leur service n'appelait pas forcément au dehors
avaient coutume de rentrer, pour éviter les
conséquences d'un oubli ou d'une négli-
gence, conséquences qui eussent été des

punitions, des bourrades, des coups de
botte ou de fourreau de sabre.

Peu de jours après notre retour au fort
Wilhelm, une épidémie de petite vérole, —
dont un certain nombre de cas isolés avaient
déjà, depuis longtemps, fait pressentir
l'approche, — se déclara parmi nous, avec
une grande intensité. Agglomérés comme
nous l'étions, plongés dans la malpropreté,
dépourvus de tout, on doit facilement comprendre quels ravages ce terrible fléau fit
dans nos rangs, déjà si éclaircis. Les vacci-
nations, pratiquées dans de mauvaises conditions, y faisaient peu de chose. Chaque
matin, à la visite du chirurgien, de nouveaux cas étaient signalés et les sujets
étaient transportés à un vaste bâtiment
situé au milieu des champs, à une assez
grande distance de la ville, et qui servait
d'hôpital pour les malades seuls atteints de
petite vérole.

Un jour, il me fut impossible de me lever
de mon grabat, où une fièvre ardente

m'avait dévoré toute la nuit. A la ronde du chirurgien, je fus examiné.

— *Das Fieber*, dit-il. (C'est la fièvre.)

On me fit habiller, et je fus conduit à l'infirmerie du fort, où, malgré un grand malaise général et un insupportable mal de tête, j'éprouvai un moment d'indicible volupté en me sentant couché proprement dans un lit véritable et enveloppé de linge blanc. Quelques heures après, on me conduisit au bain ; autre volupté, dont je jouis moins, cependant, car les douleurs de tête devenaient intolérables. Je demeurai ainsi à l'hôpital durant trois jours, traité comme fiévreux et baigné chaque matin.

A chaque visite, cependant, je voyais confusément, malgré la fièvre qui m'absorbait et obscurcissait mes idées, le chirurgien en chef s'arrêter près de mon lit et, entouré de ses aides et de ses élèves, m'observer minutieusement, me palper, me retourner dans tous les sens; puis, il m'interrogeait en bon français et, ensuite, discutait longuement près de mon lit avec les aides-majors. Je comprenais vaguement que je devais être un *cas* offrant quelque particularité curieuse. Enfin, le troisième jour, après mon bain du matin, le chirurgien étant venu me voir comme de coutume, découvrit sur mon corps une quantité de rougeurs présageant des boutons.

— *Die Pocke!* exclama-t-il.

Je comprenais ce mot que j'avais entendu répéter tant de fois; j'étais atteint de la petite vérole. J'étais trop abattu par la fièvre pour que cette découverte me fît grand effet. On me fit lever immédiatement, on m'habilla, on jeta une capote sur mes haillons, puis, je fus porté dans une voiture, — une sorte de fiacre, — qui m'emmena, à travers la campagne encore couverte de neige, à ce grand bâtiment isolé dont j'ai parlé, et où, avec raison, on reléguait les malades de la petite vérole, afin d'éviter, autant que possible, la contagion.

Là, je fus soumis au traitement ordinaire, et je m'en trouvai très bien, puisque je guéris. La force exceptionnelle de mon tempérament dut, par exemple, aider puissamment à la médication, car, après avoir été, durant trois ou quatre jours, traité d'une façon toute contraire à la maladie qui couvait en moi, après cette course qu'on me fit faire en voiture, au milieu de campagnes neigeuses, au sortir d'une salle et d'un lit bien chauds, au moment même où l'éruption se déclarait, j'aurais dû mourir cent fois pour une, et à bref délai. Combien, durant les vingt-cinq jours que je passai à l'hôpital, succombèrent qui semblaient moins malades que moi!

Ainsi que le disent les Orientaux, mon heure n'était pas sonnée, paraît-il. Bien mieux, quoique je fusse couvert de boutons, pas un ne laissa de traces, — à mon grand étonnement, car je m'attendais à être complètement défiguré.

Je dois ici rendre justice à chacun, ainsi

que je l'ai dit au commencement, et, si je signale les cruautés, les petitesses, les hypocrisies, je cite aussi les faits dignes de louanges. Je fus parfaitement traité, de même que tous les autres malades, fran-, çais et allemands ; rien ne nous manquait. J'ai gardé un souvenir attendri des soupes aux pruneaux de la convalescence. Dire que je les absorberais maintenant avec le même enthousiasme, serait peut-être s'éloigner de la vérité, car ces cuisines allemandes ont vraiment des audaces inouïes.

Le vieux chirurgien qui nous soignait était excellent pour nous. Brusque, mais bon enfant, il avait, nous dit-il, longtemps habité la France, et semblait aimer les Français. Il avait de bonnes paroles pour nous remettre et nous traitait tous sur le même pied.

On était au milieu de mai quand je sortis de l'hôpital, faible encore, mais complètement guéri. Quelques camarades étaient partis pour la France, d'autres étaient morts de l'épidémie. Le grand nombre attendait toujours le retour au pays. Que c'était long, mon Dieu, et quand ce jour béni viendrait-il?

Nous vîmes là, à Stettin, ce qui sera la honte éternelle de la Prusse, dans cette guerre de 1870 qu'ils firent avec la même barbarie qu'ils l'auraient faite cent cinquante ans plus tôt, au temps du grand Frédéric. Dans un misérable corps de logis bas, humide, presque sans jour comme un cellier, de pauvres vieillards étaient confinés. Nous les apercevions, aux heures de repas, venant chercher péniblement leur maigre pitance, faibles, trébuchants, courbés, marchant avec peine, leur visage décharné couvert d'une pâleur terreuse; les uns en sabots, en pantalons de toile, le torse à peine couvert d'une pauvre blouse, les autres portant encore les restes de vêtements plus confortables en drap, mais usés, déchirés, maculés par un long et continuel usage.

Ces malheureux étaient des gens pris au hasard dans les champs, les villages, les fermes, les villes de France, partout où un semblant de résistance à l'ennemi, un soupçon d'un chef, la trouvaille d'un vieux fusil, un refus d'accéder à des exigences impossibles à satisfaire, avaient pu servir de prétexte à ce système de terrorisation mis systématiquement en pratique sur une si vaste échelle par nos vainqueurs si peu généreux. On arrachait brutalement les pauvres gens à leur sol, et, sans examen, sans enquête, sans considérations d'aucune sorte, on les plaçait au centre d'un corps de troupe et, d'étape en étape, on les expédiait en Allemagne, où ils étaient jetés dans le premier trou venu.

Pour nous, soldats, belligérants, la captivité était une des tristes suites de la guerre, la conséquence fatale des choses. Dans ces grandes et terribles parties qui se jouent entre des peuples, il faut toujours, comme dans les plus petites, qu'il y ait le

vainqueur et le vaincu. Nous étions les
perdants, quelque acharnement que nous
eussions mis à nous défendre ; nous en su-
bissions la loi, si dure qu'elle fût : *væ victis;*
c'est un de nos ancêtres gaulois qui pro-
nonça, au Capitole, cette terrible sentence
qui, sous une forme plus ou moins brutale,
a été, est et sera toujours la seule observée.
Mais, à l'époque où nous sommes, la guerre
se restreint, — on comprend que j'emploie
le mot *restreindre* par euphémisme, car
jamais on ne mit en ligne de plus grandes
multitudes de combattants, — la guerre,
dis-je, se restreint à l'élément militaire,
et nous ne sommes plus au moyen âge, où
tous les habitants d'une ville vaincue su-
bissaient la loi du plus fort. Ces captures
arbitraires de pauvres gens inoffensifs,
pour la plus grande partie, et la façon dont
ils furent traités en Allemagne sont, je le
répète, une tache indélébile pour nos en-
vahisseurs.

Au reste, les exemples de cruauté et de

barbarie commis par les Allemands ne
firent malheureusement pas défaut durant
tout le cours de la guerre, et nous eûmes
nombre de fois à en être les témoins pas-
sifs durant notre captivité. Un exemple
entre mille : à Stettin, on nous conduisait
chaque dimanche au service protestant. A
une heure désignée, il y avait un office
spécial dans chaque temple pour les prisonniers, qui y étaient conduits sous escorte. Juifs, protestants de toutes sortes,
catholiques, libres-penseurs, sectateurs de
l'Islam, sous forme de turcos, emboîtaient
le pas chaque jour du Seigneur, et allaient
pêle-mêle entendre dévotement un prêche
débité en allemand... Le monde, qui a les
yeux fixés sur la Prusse, ne pourrait pas
dire que l'empereur Guillaume, — le saint
homme, — et son compère Bismarck, — un
autre saint homme sans doute, ne poursui-
vaient pas, par tous les moyens possibles,
l'œuvre de salut et de rédemption de cette
France corrompue, qu'ils n'avaient châ-

tiée que pour la punir de ses crimes et de
son impiété, comme les Juifs châtiant les
Amalécites, etc., etc. (Voir la Genèse, à je
ne sais quel chapitre.)

Or donc, un certain dimanche qu'on nous
conduisait ainsi adorer le Seigneur, Dieu
des armées, un de nos pauvres camarades
eut le malheur de s'écarter un peu du rang.
Un des soldats de l'escorte, qui marchait en
serre-file, accourut sur lui et le bouscula
brutalement à coups de crosse, pour le faire
rentrer dans les rangs. Le malheureux,
assailli ainsi à l'improviste, fit un faux-
pas et tomba; le Prussien continua de frapper sur lui de la crosse de son fusil et du
talon de sa botte, le rejetant à terre à chaque effort qu'il faisait pour se relever;
trois ou quatre de ses camarades, casqués
et armés, arrivèrent lui prêter main-forte
pour cette belle besogne, écartant rudement ceux d'entre nous qui avaient voulu
se porter au secours du pauvre garçon, et
continuant à frapper sur ce qui ne fut

bientôt plus qu'une masse informe de sang et de boue... On l'emporta inanimé, et jamais on n'entendit plus parler de lui.

Et tandis qu'on assommait ainsi un homme sans armes et sans défense, pas un des officiers allemands qui étaient présents n'adressa une observation aux brutes qui se rendaient coupables de ce forfait ; pas un des nombreux civils, spectateurs de cette atrocité, qui venaient, tout endimanchés, nous regarder passer, avec leur femme au bras et leurs innombrables lignées autour d'eux, ne protesta par un signe, par un murmure... Et la paix était signée, et nous n'étions plus en Prusse que comme objets d'échange, prêts à partir au premier signal...

Au cri d'horreur, au haro de protestation indignée qui jaillit de nos poitrines, en voyant ainsi tuer un des nôtres sous nos yeux, comme un chien enragé, tous les fusils de l'escorte s'abaissèrent vers nous, et nous fûmes violemment poussés vers les marches du temple auprès duquel avait eu lieu l'assassinat. Les portes se refermèrent sur nous, et nous nous trouvâmes en présence du ministre d'un Dieu de paix et de miséricorde... Quelle atroce dérision, et de quel cœur nous eussions pu écouter ses exhortations, si nous les eussions comprises!

.   .   .   .

La population de Stettin est fort belle. La race poméranienne, d'ailleurs, est justement citée dans toute l'Allemagne pour sa force et sa beauté. Les femmes sont grandes, fortes, bien faites, splendides, quand elles sont jeunes, mais prenant trop d'embonpoint en vieillissant. Nous rencontrions sur les promenades de superbes jeunes filles, au teint vraiment éblouissant de blancheur, aux yeux bleus, aux magnifiques cheveux blonds que la mode leur permettait alors de laisser flotter sur leurs épaules en rutilantes crinières. Malheureusement, soit effet du climat, de l'eau ou de l'alimentation, dès l'âge de treize ou quatorze ans, leurs dents sont déjà toutes cariées et tombées. Rien n'était désenchantant pour nous, habitués aux bouches bien meublées de nos petites Françaises, comme les sourires édentés de ces figures d'anges.

Quant à la population masculine, toute la France envahie a été à même de juger ces interminables cuirassiers blancs et ces longs dragons de la Reine, presque tous Poméraniens.

XV

NÉGOCIATIONS ET ATERMOIEMENTS

Les promenades de Stettin commençaient à se dorer de soleil, les arbres à verdir. Les grandes dames arboraient des toilettes claires et remplaçaient par des promenades à pied les courses en traîneau des mois d'hiver. Avril était passé, mai aussi, juin menaçait d'en faire autant, et j'étais toujours là, me dévorant d'ennui, voyant partir des camarades, et me demandant chaque jour si mon tour ne viendrait jamais.

Sur les trois envois d'argent de mon père, j'en avais reçu un bien minime : vingt francs. J'avais consacré une partie de cette

somme à l'achat d'une paire de souliers;
achat indispensable, les miens ayant fait
toute la campagne depuis le mois d'août,
où nous avions abandonné nos sacs à
Gravelotte, et n'ayant plus ni semelles,
ni dessus, ni talons. Je les avais longtemps
rattachés autour de mes pieds avec des
bouts de cordes et de vieilles courroies,
comme des cothurnes antiques, ou plutôt
comme des sandales de bandits calabrais.
Un ou deux repas de saucisses et de pommes de terre avaient été rendus à des camarades. Il me restait donc fort peu d'argent. Disons, entre parenthèses, que je me
fis indignement voler dans mon emplette
de souliers, et que je n'en eus pas pour
mon argent; c'était du carton qui, à la première boue, — et Dieu sait que ce n'était
pas chose rare que la boue, — se mit à
bâiller désespérément, comme une carpe
sur la paille, accusant partout d'inquié-
tantes solutions de continuité.

Donc, je n'avais plus que quelques

francs, mais tel était mon désir de rentrer
en France et de dire un éternel adieu à la
Prusse, que je n'hésitai pas à les sacrifier
pour m'attirer les bonnes grâces d'un sergent, dont la figure accusait un assez bon
enfant. Il savait quelques mots de français. Je liai conversation avec lui en
lui offrant quelques verres de *brandvein*
et de *hornedrom* à la cantine; puis, quand
la connaissance fut faite, petit à petit, je
lui contai mon affaire : combien je désirais
rentrer chez moi; que mon père était malade, — c'était vrai; — que je n'étais engagé que pour la durée de la guerre et que,
la guerre étant finie depuis le 3 mars, j'aurais dû, immédiatement après la signature de la paix, être renvoyé dans mes
foyers, etc., etc. Il me promit de s'occuper
de moi et de parler au commandant. De
mon côté, je lui promis un bon pourboire
s'il réussissait. J'avais, à cet effet, pressenti un de mes compagnons, qui attendait
tous les jours une assez forte somme de

ses parents, et qui devait me prêter deux ou trois louis, si je réussissais dans ma négociation.

Je n'osais plus sortir de la caserne dans la crainte de manquer l'appel de mon nom pour recevoir ma feuille de route. Il me semblait si naturel que les Allemands, encombrés de prisonniers, s'empressassent de s'en débarrasser le plus promptement possible ! Tout au contraire, je crois qu'ils nous faisaient languir à plaisir, et qu'ils craignaient toujours un retour offensif s'ils nous rendaient en trop grand nombre ; les lamentables affaires de la Commune vinrent aussi interrompre le cours régulier des échanges.

Les murs de Stettin étaient tapissés de caricatures relatives à tous nos malheurs. Ici, c'étaient nos généraux, tournés en ridicule, — ce que certains n'avaient pas volé, — et affublés de têtes d'ânes monstrueuses ; ailleurs, c'était Napoléon III, la figure coupée horizontalement par une

énorme moustache goudronnée, s'age-
nouillant devant Guillaume et lui remet-
tant son épée à Sedan; plus loin, on le
voyait la corde au cou, mené en laisse et
attaché au char du vainqueur, suivi de
toute sa cour transformée en animaux de
— basse-cour, — qui en oies, qui en dindons,
qui en canards, pintades, coqs se dressant
sur leurs ergots ou poules fuyardes cherchant à s'échapper. Bazaine n'était pas
épargné et était représenté sous tous les
aspects possibles, et impossibles. Mais où
la Prusse montrait son absence complète
de générosité, c'était lorsqu'elle affectait
de mépriser et de ridiculiser l'armée française en masse, la confondant avec les
quelques hommes indignes et justement
flétrissables qui l'avaient conduite à sa
perte. N'avions-nous pas tous versé notre
sang sans marchander pour défendre notre
sol, et les fastes de la mémorable guerre
de 1870-71 ne prouvent-ils pas surabon-
damment toute la peine qu'eut l'Allemagne

à nous réduire ? Huit mois de combats, de sièges, de blocus ; les hostilités reprenant là, quand elles étaient finies ici ; une armée se dressant à l'Ouest lorsque l'ennemi croyait avoir anéanti celle du Nord ; à l'Est, quand cette autre faiblissait ?... Et tout cela, avec des moyens incomplets, dans les conditions les plus difficiles et les plus défavorables. L'histoire a prouvé, d'ailleurs, que, dans cette guerre, les vainqueurs eurent au moins autant de pertes, sinon plus, que les vaincus.

Les nouvelles que nous avions de France nous alarmaient beaucoup. Nous étions inondés de mauvais journaux français, presse spéciale, que les Prussiens nous laissaient parvenir dans un but facile à comprendre. Ces journaux nous montraient la France livrée à l'anarchie, à la guerre civile, au pillage, mise à feu et à sang par les hommes qui avaient répudié l'Empire et établi le gouvernement démocratique. C'était une nouvelle Terreur qu'on étalait

sous nos yeux. A cet horrible état de
choses, il n'y avait qu'un remède : une
restauration sous le protectorat bienveillant de la Prusse. Cela n'était pas dit en
toutes lettres, mais, pour quiconque avait
un peu de clairvoyance et lisait entre les
lignes, c'était le but de toute cette encre
répandue. La Prusse, qui venait déjà de
nous prendre l'Alsace et une partie de la
Lorraine, cherchait encore à se préparer
les moyens de nous prendre la Champagne,
en essayant de nous persuader qu'elle seule
pouvait rendre le calme à notre pays, en
amenant dans les plis de son manteau, soit
un autre Napoléon, soit celui qu'elle dé-
tenait précieusement à Wilhelmshohé, soit
tout autre *sauveur* de son choix.

Personne, heureusement, ne fut dupe de
ces manœuvres, qui n'eurent d'autre résultat que de nous mettre en garde contre
toute nouvelle venant de France. Les lettres
particulières ne contenant généralement
rien qui pût nous éclairer, — car chacun

de nos correspondants savait que beaucoup
de ces lettres étaient ouvertes avant de
nous parvenir, — nous étions véritable-
ment dans une ignorance complète de ce
qui se passait chez nous, ignorance qui ne
faisait que stimuler notre inquiétude et
notre désir de rentrer.

Un jour, en bayant aux corneilles dans
les rues de Stettin, je me trouvai tout à
coup en face du capitaine R....., du 25ᵉ de
ligne ; c'était justement le capitaine de ma
compagnie. Je le revoyais pour la première
fois depuis la capitulation.

— Comment êtes-vous encore ici ? me
dit-il. Vous êtes engagé volontaire pour la
durée de la guerre ; la guerre est finie depuis
trois mois et demi ; il y a trois mois que
vous devriez être chez vous.

— Eh ! mon capitaine, c'est ce que je
leur chante sur tous les tons, depuis que je
suis de retour à Stettin, mais ils font toujours la sourde oreille...... Si vous vouliez
me donner une sorte de certificat attestant

14

que je suis bien en effet volontaire pour la durée de la guerre, peut-être cela avancerait-il mes affaires.

— J'en doute, car ils sont durs à la détente et ne nous lâchent qu'à regret ; mais si ça ne fait pas de bien, ça ne fera pas de mal. Venez me voir demain, je vous donnerai cela.

Il m'indiqua son logement et, le lendemain, je n'eus garde de manquer à revenir le trouver. Muni de cette pièce, signée d'un officier de mon régiment, je me hâtai de chercher mon sergent, que je régalai de mon mieux afin de le bien disposer en ma faveur : le brave garçon avait l'ivresse sensible. Lorsque je le vis bien en point, je lui fis, partie en français, partie en allemand à faire dresser les cheveux sur la tête, partie par signe, un tableau touchant de mon père malade, ruiné par la guerre, torturé d'inquiétude par l'absence de ses fils, obligé de s'en remettre à des étrangers mercenaires pour le soin de sa santé et de ses intérêts, etc, etc... Je fis si bien qu'il pleura comme un veau et me jura de parler au comman-dant.

— Tout de suite, lui dis-je.

— *Ya, ya, tu te souite,* me répondit-il.

Je lui remis alors mon certificat et, pour plus de sûreté, je l'accompagnai jusqu'à la porte du bureau du commandant.

Avec quelle anxiété j'attendis son retour, je n'ai pas besoin de le dire. L'idée qu'il était un peu trop gris, et la crainte qu'il ne fût reçu à coups de pied dans le fond de sa culotte vinrent me serrer à la gorge, quand je l'eus vu tituber en fermant la porte sur lui. Tous mes efforts seraient perdus, alors, car jamais il ne voudrait plus rien entre-prendre pour moi, si je lui valais une raclée de coups de botte. Je m'éloignai prudemment de la porte, tout en la sur-veillant, pour prendre conseil des événe-ments. Elle s'ouvrit au bout de dix minutes pour livrer passage à mon sergent. Mon cœur battit; il y avait trois marches à

descendre : comment allait-il s'en tirer?
J'apercevais, dans la pénombre de l'entre-
bâillement, la casquette du commandant...

Je n'avais pas une idée exacte de la
puissance de la discipline prussienne. Mon
sergent s'arrêta sur le seuil de la porte,
droit comme un I, raide comme un poteau
télégraphique, répondit à une question du
commandant, que je devinai à son geste,
en portant la main à son front pour le
salut militaire, puis, toujours aussi droit,
aussi raide, aussi réglementaire dans sa
tenue, il descendit les trois marches et vint
à moi, sans que rien dans son air, dans sa
démarche, dans son attitude décelât son
état d'ébriété manifeste, si ce n'est la tache
rouge qui faisait reluire son nez comme un
charbon incandescent, et auquel on aurait
pu sans peine faire flamber une allumette
chimique.

— *Kommen Sie hier!* (Venez ici!) me
dit-il en me faisant signe d'approcher.

Et il m'emmena devant le commandant.

Celui-ci me questionna. Je lui racontai ma petite histoire, bien arrangée pour la circonstance : le vrai a parfois besoin d'être perfectionné, de même qu'il faut souvent habiller la Vérité pour la rendre plus présentable en certaines occurrences. Je crus m'apercevoir que mon récit, appuyé du certificat de mon capitaine, que je voyais sur le bureau, n'était pas pris en mauvaise part.

— C'est bien ! dit le commandant en me congédiant. Je verrai cela.

Etait-ce une fin de non recevoir ? Evidemment non : s'il n'avait pas eu l'intention de donner suite à ma demande, il n'y aurait pas fait tant de façons et, loin de me faire mander devant lui, il aurait envoyé promener le sergent sans s'occuper de moi. J'étais ballotté entre la crainte et l'espérance. Mon sergent m'assurait que tout allait bien, mais il aimait tant le *schnaps*, et savait si bien que l'espoir rend généreux !...

Le lendemain se passa comme les autres jours. Ma joie s'affaiblit sensiblement et descendit au-dessous de zéro. Je ne fermai pas l'œil de la nuit; aussi je laisse à penser si les habitants de ma couverture et de ma paillasse surent se rendre insupportables à mon insomnie. Dès le matin, j'errais mélancoliquement dans les cours du fort. A l'heure habituelle, nous formâmes les rangs pour l'appel de chaque jour. Un officier tenait un papier à la main et, de temps à autre, à mesure qu'un sergent lisait les noms — qu'il estropiait horriblement — faisait sortir un homme des rangs. C'était ainsi presque chaque jour depuis quelque temps : ces hommes, mis à part, étaient désignés pour rentrer en France. Il est probable que la Prusse suivait une certaine méthode pour ces rapatriements, mais il nous fut toujours impossible d'en deviner la clé, et nous n'y voyions que de l'imprévu. Aussi, chacun était-il toujours sur le qui-vive.

— *Hhapertt!* dit le sergent avec cette aspiration des *h* qui n'appartient qu'aux enfants d'outre-Rhin.

— Présent, répondis-je.

— Sortez des rangs, ordonna le lieutenant.

Je bondis plutôt que je ne sortis et allai me joindre au groupe des privilégiés.

Enfin !... mon tour était donc venu.

Après l'appel, on nous conduisit, au nombre de cinquante à soixante environ, à l'infirmerie. Là, dans une grande salle, on nous fit déshabiller complètement, comme pour un conseil de revision. Un chirurgien et ses aides passèrent la visite, sans doute pour s'assurer que nous étions en état de faire le voyage et qu'aucun ne portait en lui de symptômes de petite vérole qui, en se déclarant en route, eût pu contaminer d'autres voyageurs.

Après cette visite, des infirmiers apportèrent de grands seaux d'une sorte de badigeon jaune soufre, et, s'armant de gros

pinceaux, ils nous peignirent uniformé-
ment tout le corps. Je vous laisse à penser
l'effet produit par tous ces hommes nus
comme ver et jaunes comme des serins...

— Bon, bon, très bon! répétaient à
l'envi chirurgiens et infirmiers, ces derniers en nous appliquant de grands coups
de pinceau avec conviction.

On nous fit grâce de la figure. Cette peinture sécha vite, d'ailleurs, et nous nous
réintégrâmes tous de notre mieux dans
nos habits en loques.

J'ai toujours pensé que ce badigeonnage
sulfureux avait pour but de détruire les
germes psoriques et d'éloigner ou de détruire la vermine dont nous étions farcis,
grâce aux soins et à la propreté dont on
nous avait entourés durant notre captivité.
La Prusse, fidèle à son système, voulait
bien nous en laisser ronger chez elle, tant
qu'on ne le voyait pas, mais elle ne voulait
pas qu'on pût en emporter les preuves
par trop nombreuses.

Elle se trompait : ces preuves, peut-être
un peu moins drues, il est vrai, mais cependant trop palpables, existaient encore
lorsque je rentrai chez mon père, dont le
premier soin fut de faire plonger toute ma
défroque dans une cuve pleine d'eau, tandis
que je courais au bain.

Après la séance de peinture à l'infirmerie, on nous fit passer au bureau du
commandant de place, où nos feuilles de
route nous furent délivrées. On nous
remit ensuite, à chacun, une de ces lourdes
masses qui représentent le pain prussien, et
nous n'eûmes plus qu'à nous tenir prêts
pour le départ, qui devait avoir lieu à deux
heures de l'après-midi.

Mes adieux furent bientôt faits. Blanchard et mes deux ou trois autres camarades les plus intimes étaient partis depuis quelque temps déjà. Quant à mes
préparatifs de voyage, ils furent bien plus
vite expédiés encore : il ne s'agissait pour
moi que de trouver une couple de bouts de

ficelle pour remplacer les boutons absents de mes guêtres, — guêtres marron, dont j'ai déjà parlé, taillées dans une veste de hussard hors de service, et que, dans un jour d'opulence, j'avais achetées six sous à un tailleur de fantaisie. Seulement, ces guêtres incomplètes n'avaient jamais eu ni boutons, ni boutonnières, et, bien qu'on ne m'eût pas compté la matière première et qu'on ne m'eût fait payer que la façon, je reconnus trop tard que j'avais été volé. Mon vendeur ne voulut jamais reprendre ses guêtres et me rendre mes six sous... Je m'explique mal : il voulait bien reprendre ses guêtres, il y était même tout disposé, mais non rendre l'argent. Comme l'état de mes finances ne me permettait pas le gaspillage, j'avais donc gardé mes guêtres pour solde, espérant pouvoir un jour les compléter. Les boutonnières m'inquiétaient peu : mon couteau y eût pourvu. Les boutons me préoccupaient davantage. C'est pourquoi, depuis le jour de l'achat, mes guêtres étaient restées cachées au fond de ma paillasse.

Maìs le jour du départ était arrivé : il s'agissait de faire figure. Elles avaient bonne coupe, mes guêtres : hautes et prenant bien la cheville ; puis elles présentaient l'immense avantage de combler la solution de continuité qui existait entre mes souliers et mon pantalon, laissant toutes mes chevilles à nu, — il y avait un temps immémorial que j'avais perdu l'usage des chaussettes (1), — et de dissimuler les misères de mon pantalon, effiloqué en dents de scie par le bas.

Stimulé par la joie du départ, j'eus bientôt trouvé ce qu'il me fallait et, à l'aide de mon couteau, je fis deux rangées de trous

(1) Plusieurs de mes camarades, prisonniers à Stralsund, Kœnigsberg, Dantzig, etc., m'ont raconté, depuis, que des distributions de lainages, bas, gants, cravates, chaussettes, chaussons, leur avaient été faites par l'entremise de diverses sociétés évangéliques anglaises. Nous n'eûmes, pour notre part, jamais connaissance de ces distributions.

dans toute la hauteur de mes guêtres et je laçai ma ficelle, de sorte que je me trouvai guêtré le plus galamment du monde. C'était la seule pièce de mon costume qui fût présentable. Ma capote avait des franges dans le bas et des trous aux coudes; je ne parle pas de trois ou quatre ouvertures pratiquées dans les pans par des balles perdues, et qui s'étaient agrandies de façon inquiétante; mon pantalon... mon pantalon... je crois qu'il vaudrait mieux n'en pas parler. Ma pauvre cravate d'ordonnance en coton bleu, avec autant de fentes que de plis, avait une certaine ressemblance avec un gril, quand je la déployais. Mon képi, — ce fameux képi d'artilleur qui avait failli me faire fusiller, — n'avait plus de forme; j'avais beau m'ingénier à le poser le plus crânement possible, il persistait, quoi que je fisse, à toujours accuser ses longs états de service; puis, n'ayant pas été fait pour ma tête, il m'était trop large et avait une tendance déplorable à s'enfoncer jusqu'à mes oreilles, comme un éteignoir, ou un bonnet de coton. Mes souliers, achetés récemment, eussent dû au moins compenser un peu ces misères; mais j'ai dit que j'avais été indignement volé, et après quelques jours de service, à la première pluie, mes malheureuses chaussures commencèrent à se décoller de partout, bâillant de ci de là, perdant aujourd'hui un talon dans un tas de boue, demain laissant passer mes orteils au bout... Bref, j'étais en savates. Pourtant, le bienveillant cordonnier, chez qui j'avais fait cette emplette, était tout sourires et tout miel, et ne s'était pas fait faute de jurer qu'il me les vendait à prix coûtant, ne voulant pas profiter du malheur d'un pauvre prisonnier de guerre... Oh! la guerre! malheur, malheur !!

Mes guêtres lacées, je n'avais plus qu'à mettre mes mains dans mes poches et à attendre l'heure du train qui devait m'éloigner de ces lieux maudits. Je jetai un der-

nier regard sur cette cour du fort Wilhelm...
Il faisait un splendide soleil, et tout avait
pris pour moi un autre aspect. Nous étions
à la fin de juin, et il me semblait que le
ciel avait des teintes qu'il n'avait jamais
eues. Les figures de tous ces Prussiens,
que je voyais aller et venir, n'étaient plus
les mêmes à mes yeux enchantés. Le son
guttural des voix, qui m'agaçait tellement jadis, me semblait aujourd'hui un
hymne de fête célébrant mon départ. Le
commandant de place se promenait dans la
cour avec sa femme et ses deux filles, superbes créatures aux longs cheveux blonds.
Je les avais vues maintes fois sans presque
les remarquer. Ce jour-là elles me sem-
blèrent entourées d'une auréole. Je voyais
tout à travers le prisme tout-puissant de
l'espérance et de la joie.

Devant le poste, deux officiers de garde
étaient assis, fumant et buvant de la bière,
qu'une ordonnance leur tirait à un petit
fût posé sur deux chaises. J'avais vu cela

vingt fois, et j'avais souvent été stupéfait,
dans mon for intérieur, de la capacité
d'absorption de ces outres, avalant à deux,
dans l'espace d'une après-midi, le contenu
d'un quartaud de bière, tout en fumant
flegmatiquement leurs pipes de porcelaine,
au fourneau aussi grand que des fontes de
pistolets d'arçon. Le soir, à six heures,
l'ordonnance emportait le fût vide sur son
épaule, et les deux officiers de garde se
levaient pour aller dîner, comme si de rien
n'était. Ce jour-là, il en était comme tous
les jours de beau temps, et nos deux officiers du poste charmaient leurs loisirs
comme d'habitude, en s'enveloppant de
fumée et s'imbibant de bière. Je vis cette
noyade intérieure sans révolte intime
contre la goinfrerie des auteurs. Je crois
que j'aurais embrassé tout le monde si je
ne me fusse retenu, dans la crainte d'une
punition qui eût retardé l'heure bienheureuse de mon départ. Il me prenait des
envies folles de crier, de chanter, de danser

dans la cour du fort, et je serrais convul-
sivement sous mon bras mon pain de munition, pour me contraindre à l'immobilité.

Enfin, un piquet de soldats prussiens
sortit d'une arrière-cour et vint se placer
dans la grande. Un officier s'approcha de
notre groupe, fit faire un nouvel appel, vi-
sita nos feuilles ; puis, l'ordre de nous
mettre en marche fut donné. Nous en-
voyâmes un adieu à ceux de nos camarades,
qui, comme nous, les jours précédents,
assistaient tristement à notre départ, et
nous franchîmes la voûte de la forteresse.

Je me sentais des ailes aux pieds ; je ne
touchais plus terre et peu s'en fallait que
je ne sortisse des rangs pour courir à toutes
jambes vers la gare. Cette marche métho-
dique du soldat au pas me donnait la tor-
ture. La crainte, ridicule, j'en conviens, de
manquer le départ du train, me donnait
des frissons d'angoisse ; à chaque coup

de sifflet qui déchirait l'air, j'éprouvais une sensation insupportable, une sorte d'agonie. Je ne voyais plus rien autour de moi; toutes mes facultés étaient absorbées dans cette idée : me sentir dans un wagon s'éloignant à toute vapeur de ces lieux maudits!

Inconséquence de la nature humaine. J'avais supporté presque gaîment, insou-cieusement, tout au moins, les tortures d'une rude captivité, dans de terribles conditions, sous un climat glacial, et maintenant que le printemps était venu, apportant à lui seul une grande améliora-tion dans notre sort; que nous pouvions avoir de chez nous nouvelles et argent; que nous étions moins étroitement sur-veillés — bien que la discipline prussienne fût toujours là, brutale et aveugle, — que nous étions moins malheureux, enfin, rela-tivement au passé, il me semblait que, si un atroce hasard m'eût forcé à retourner dans cette sombre forteresse que je venais

15

de quitter, j'eusse mille fois préféré la
mort, et que je me fusse plutôt laissé
assommer, comme ce malheureux soldat
que j'avais vu tuer sous mes yeux, au bas
des marches du temple.

Cette lamentable alternative ne me fut
pas réservée. Malgré mes craintes, nous
arrivâmes à l'heure à la gare. En un clin
d'œil, nous eûmes escaladé les marche-
pieds et nous nous entassâmes sur les banquettes des voitures de quatrième classe...
Puis, la locomotive souffla, toussa, cracha,
haleta comme un monstre poussif et fatigué de sa course précédente ; des coups de
sifflet, de cloche se firent entendre et
nous sentîmes enfin sous nos pieds la tré-
pidation lente, d'abord, puis plus rapide
progressivement du train se mettant en
marche... Bientôt il roula à toute vapeur
à travers des campagnes et des prairies
vertes, inondées de soleil, et que je voyais
à travers un mirage de ravissement. Aussi
m'abstiendrai-je de toute description, car

je craindrais fort qu'elle ne s'éloignât
beaucoup de la vérité. J'étais dans une
disposition d'esprit à parer tout des couleurs les plus splendides.

XVI

FRANCE!

Le voyage fut rude, cependant, car les
trains encombrés, de prisonniers venant de
tous les points de l'Allemagne, faisaient de
fréquents arrêts dans les gares de bifurca-
tions ou d'embranchements. On nous faisait descendre, et il nous fallait souvent
attendre de longues heures, sur les voies,
sous la surveillance des postes installés à
toutes les stations. A Berlin seulement, où
nous arrivâmes quatre ou cinq heures après
notre départ de Stettin, il nous fut permis
de sortir dans la ville, durant les deux
heures que nous avions à attendre avant
de repartir; mais la crainte que nous

avions de nous égarer et de manquer notre train nous empêcha de profiter de cette liberté comme nous eussions pu le faire en toute autre circonstance. Nous remarquâmes seulement que l'hostilité patente avec laquelle on nous regardait n'empêchait pas de nous surfaire outrageusement les grossières victuailles dont nous voulions faire de modestes provisions pour le voyage.

Je n'entrerai pas dans de plus longs détails sur notre route. Je me bornerai à dire que nous mîmes quatre jours et quatre nuits à gagner Strasbourg. L'encombrement des lignes pour le rapatriement des prisonniers nécessitait, ainsi que je l'ai dit plus haut, des précautions. D'un autre côté, la Prusse ramenait chez elle beaucoup de ses propres troupes qui évacuaient le territoire français. Il fallait éviter les collisions, aussi bien au propre qu'au figuré, entre Français, retour de Prusse, et Prussiens, retour de France. Puis il y avait les vérifications de feuilles

230 SOUVENIRS D'UN PRISONNIER DE GUERRE

de route ; à chaque gare intermédiaire, des officiers préposés *ad hoc* prenaient nos papiers, les vérifiaient, les timbraient, les apostillaient, faisaient des triages, selon la destination de chacun de nous. On juge, d'après cela, des longueurs de notre voyage. Notre fatigue était telle que nous ne pouvions plus nous tenir debout et que nous nous couchions sur le plancher des wagons, sous les banquettes, jusque sous les pieds les uns des autres, nous laissant piétiner et bousculer comme des choses inertes.

Nous n'avions pas toujours des trains spéciaux ; il arrivait souvent qu'on faisait monter un détachement de prisonniers dans un train de voyageurs. Les uns nous montraient de la pitié, les autres nous injuriaient ; certaines femmes nous tendaient des morceaux de pain et de lard ; quelques hommes nous donnaient du tabac ; la station plus loin, d'autres montaient qui nous traitaient comme des chiens galeux. Les

distributions de vivres qu'on nous avait
faites durant le trajet étaient bien minces;
plusieurs fois, elles avaient été complètement oubliées. Ceux qui avaient quelque argent y auraient suppléé, mais on
avait rarement la permission de sortir
pour aller se procurer des provisions, de
sorte que notre estomac criait souvent famine.

A Strasbourg, où nous arrivâmes enfin
après quatre-vingt-seize heures de route,
nous nous trouvâmes accueillis à la gare
par des femmes en dueil, qui s'étaient
réunies en société de secours aux prisonniers
français. Ces dames, du meilleur monde
et dignes de tous les respects, nous emme-
nèrent à une halle où de longues tables de
bois brut étaient disposées. Là, d'autres
dames, le tablier blanc devant elles, servaient, à tous les prisonniers, une bonne
soupe grasse, un morceau de bœuf, du pain
à discrétion et un verre de vin. Cette soupe
française, cet humble morceau de *bouilli*,

de pot-au-feu national, arrivant inopinément après les indignes ratatouilles allemandes ingurgitées depuis si longtemps,
nous firent l'effet d'un régal des dieux.....
Puis il y avait ces voix sympatiques de nos
hôtesses, parlant notre langue et compa-
tissant à nos misères, nous racontant les
leurs, les hontes subies sous le joug vainqueur, la sourde révolte, la haine implacable de la grande cité alsacienne, se
voyant violemment arrachée du sol de la
mère-patrie, après un siège héroïque cependant...

Quand nous fûmes restaurés, nous nous
levâmes pour faire place à une autre série
de prisonniers, qui devaient recevoir la
même réfection que nous. A la sortie de la
halle, les dames strasbourgeoises nous re-
mirent à chacun 20 centimes pour acheter
du tabac. Quelque minime que semble
cette somme, elle doit représenter un gros
capital, si l'on y ajoute les dépenses de
nourriture, multipliées par l'immense quan-

tité de prisonniers français qui passèrent
à Strasbourg.

Nous avions cinq heures d'arrêt dans
cette belle cité, si longtemps convoitée par
nos ennemis, qui, maintenant, l'occupaient
en souverains. Un immense déchirement
de cœur nous angoissait en errant dans ces
rues aux appellations françaises et qui n'é-
taient plus à nous. Cette splendide cathé-
drale, ce chef-d'œuvre dont nous étions si
fiers autrefois, ce sol si patriote, cette
population si dévouée, tout cela était devenu la proie d'un vainqueur avide, grâce
à une guerre inique, à un concours inouï
de circonstances déplorables, d'impéritie
et de trahisons.

Arrêtons-nous : le cadre que je me suis
imposé dans ce récit ne me permet pas de
me livrer à des récriminations rétros-
pectives. Je n'ai plus que quelques mots à
dire, d'ailleurs, et mon odyssée touche à
sa fin.

A Strasbourg, nous fûmes dirigés sur

différents points. Les uns devaient, à
Sarrebruck, prendre du côté de Metz, pour
rentrer en France par Mézières, Avesnes,
Lille ; les autres suivaient la ligne par
Lunéville, Nancy, pour prendre ensuite
diverses directions, selon leurs destinations
respectives. Ma feuille de route était signée
pour Lunéville. Je ne saurais dire le temps
que nous mîmes pour franchir les trente
lieues, environ, qui séparent Strasbourg
de cette ville. Partout les ponts coupés,
sautés, les voies interceptées, détruites et
rétablies à la hâte, provisoirement, disaient
les luttes, les horreurs, les sacrifices de la
guerre. Nous franchissions des abîmes
béants, dans ces gorges de l'Argonne, où
les premières armées de la République,
électrisées par ce grand souffle de liberté
qui passa alors sur la France, avaient su
infliger de si rudes leçons à ces Teutons qui,
maintenant, s'établissaient en maîtres sur
ce sol consacré par des luttes homériques.

Hélas ! les villages détruits, les maisons

incendiées, trouées, éventrées par la mi-
traille, laissant voir leur misère par de
larges ouvertures béantes comme des blessures ; les campagnes incultes, négligées ;
les routes défoncées par le passage de l'artillerie, le piétinement des escadrons, des
convois ; les tertres sans nombre où gi-
saient pêle-mêle Français et Allemands,
tout nous parlait, le long de cette triste
route, des horreurs de la guerre. Une
splendide soirée de juin, bientôt éclairée
par une lune sans nuages, claire, douce
comme un soleil lointain tamisé de bleu, répandait son calme majestueux sur cette
nature passive qui avait été témoin des
luttes implacables des hommes.

De loin en loin, à de longs intervalles, le
train s'arrêtait à des stations souvent
ruinées, puis reconstruites, rafistolées pour
les besoins du service. Des casques à
pointe paraissaient aux portières, des
sabres traînaient sur les dalles des quais ;
des ordres s'échangeaient en paroles guttu-

rales. D'autres fois la locomotive stoppait tout à coup au milieu de la campagne ; un mécanicien descendait et allait explorer la voie, composée parfois de quelques madriers posés sur un abîme béant, pont coupé ou viaduc démantelé par la mine. Une courte délibération avait lieu entre les conducteurs du train, puis on l'engageait sur cette voie branlante et incertaine, surplombant des abîmes à donner le vertige. C'est miracle que des catastrophes ne se soient pas produites dans de semblables conditions.

Les nuits de juin ne sont pas longues. Quand la lune donne sa douce clarté, on peut même presque dire qu'il n'y a qu'un court crépuscule entre les deux soleils. A l'aube, je n'avais pas fermé l'œil, malgré l'immense fatigue accumulée par cinq jours de chemin de fer. Quand le soleil se montra à l'horizon cependant, la nature fut plus forte que ma volonté, et je m'assoupis, la tête appuyée sur le rebord de la portière ouverte.

— Lunéville !!!

Ce mot, prononcé d'une voix forte, me réveilla soudain. Je ne pus retenir un cri de joie : des uniformes français m'apparaissaient sur le quai; des uniformes corrects, non pas à de pauvres prisonniers vêtus à la diable, au hasard des champs de bataille, mais couvrant des officiers français préposés dans cette première ville, maintenant, de nos frontières, pour recevoir les prisonniers et les rapatrier chacun à leur corps respectif.

Malgré la fatigue, le harassement de cet interminable voyage, je sautai allègrement sur le quai. Il y eut un moment de confusion joyeuse : nous étions en France, enfin. Rien ne peut donner idée de la puissance du mot : patrie, foyer, à celui qui n'en a pas été violemment éloigné et qui a pu croire longtemps qu'il ne s'y reverrait jamais. Les officiers français vinrent à nous et nous reçurent cordialement. Puis on procéda régulièrement au rapatriement et au classement. Nous fûmes alignés, et la vérification des feuilles de route commença.

Il s'agissait maintenant de nous envoyer soit aux régiments, pour ceux dont le temps de service n'était pas expiré, soit dans leurs foyers, pour les volontaires, comme moi, en évitant de nous faire passer par Paris, qui sortait à peine des horreurs et de l'effervescence de la Commune, ou par les contrées encore occupées par les armées allemandes.

Cette précaution obligeait à des détours sans nombre, à des directions insensées. Pour ma part, afin de regagner les environs de Blois, je passai par Epinal, Vesoul, Gray, Dijon, Nuits; je remontai à Nevers, et je gagnai enfin la ligne du Centre à Saincaize, pour revenir à Orléans, par Bourges et Vierzon.

On juge du temps qu'il me fallut encore pour faire ce trajet, d'autant plus que, dans certaines des villes que je viens de nommer, il fallait se rendre au bureau de

l'officier de place, afin de faire vérifier et
signer sa feuille de route, et recevoir notre
maigre solde, depuis que nous étions en
France seulement, bien entendu, car j'ai
déjà dit qu'il n'y eut pas la moindre solde
perçue durant tout le temps de notre captivité en Prusse.

Heureusement pour la plupart d'entre
nous, fort peu chargés d'argent, la bienfaisante charité de nos pauvres compa-
triotes, pourtant bien éprouvés par la
guerre, pourvut souvent à nos besoins.
Ainsi qu'à Strasbourg, dans beaucoup de
gares où nous nous arrêtions, des dames,
des jeunes filles venaient nous apporter
des provisions, du bouillon, du vin, du café.
A Dijon, à Nuits, à Beaune, dans d'autres
endroits aussi, une sorte de buffet était
installé à l'intention des captifs, retour
de Prusse, et les femmes les plus comme il
faut ne dédaignaient pas de nous servir.
Grâces et reconnaissance leur soient rendues. Après s'être faites infirmières volon-

taires dans les ambulances que le canon emplissait de blessés pantelants, elles vinrent en aide plus tard à nombre de malheureux épuisés par toutes les fatigues d'une interminable route, accomplie, souvent sans une obole, après des mois d'une captivité où l'on avait subi toutes les privations.

Enfin, après mille et mille détours, le septième jour après mon départ de Stettin, moulu, rompu, brisé, harassé de ces sept jours et sept nuits passés en chemin de fer, sur ou sous les banquettes de troisième classe, ou, durant les longues attentes dans les gares, couché sur l'asphalte des quais, j'aperçus enfin mon clocher...

Il faisait un splendide soleil des premiers jours de juillet, une chaleur à laquelle l'hiver poméranien que je venais de subir ne m'avait certes pas préparé. Que la campagne était belle à mes yeux fatigués, mais ravis!

Quand le train s'arrêta, que je me laissai

glisser sur ce quai où, près d'un an plus
tôt, le 23 juillet 1870, j'avais posé le pied
pour m'élancer, le cœur léger, dans cet
autre train qui devait m'emporter vers
toutes les misères subies, je crus à un
rêve. Je revoyais les mêmes figures à la
station, j'en apercevais d'autres de connaissance aux grilles; j'entendais autour de
moi des paroles prononcées avec l'accent
connu, l'accent du terroir... Etait-ce bien
vrai?... J'avais eu tant de fois cette illusion
en rêve! N'allais-je pas m'éveiller et me revoir dans notre baraque tapissée de glaces
comme une hutte de Lapons?

Lorsqu'on a beaucoup et longtemps souffert loin du pays, on ne peut se figurer que
l'on retrouvera tout à sa place. Je voyais
bien autour de moi les traces de la guerre :
les arbres abattus ou rongés par les chevaux, les murailles ébréchées, montrant
partout les noires traînées faites par les
feux des bivouacs, les portes défoncées,
arrachées de leurs gonds ou couvertes

16

d'inscriptions allemandes, mais tout cela
n'était pas ce que je m'étais figuré là-bas.
La puissance de vitalité de notre pays est
telle, que, l'ennemi à peine retiré, — les
derniers régiments prussiens étaient partis
de chez nous le 14 mars 1871, — chacun
s'était employé à réparer, effacer de son
mieux les traces de la guerre. On avait la-
bouré les champs, sillonnés par le passage
des troupes, ou défoncés par les bivouacs ;
au lieu du blé détruit, on avait semé de
l'orge ou de l'avoine, planté des pommes de
terre, toutes semences envoyées, après la
paix, par les provinces non envahies ou
par l'Angleterre. Les champs étaient verts
et beaux ; tout était calme et reposé et avait
l'aspect de bien-être placide auquel j'avais
été accoutumé. Qui eût dit que toutes les
fureurs de la guerre s'étaient déchaînées
pendant cinq ou six mois autour de ce petit
pays? Mais les plaies, pour être peu vi-
sibles, n'en existaient pas moins, et chacun
sait que les blessures internes sont les plus

dangereuses. Combien saignent encore silencieusement !

Je tombai chez mon père comme une bombe... personne ne m'attendait. C'était tout juste si l'on me reconnaissait sous mon accoutrement misérable et loqueteux, et avec ma longue figure hâve et jaune sous ma barbe inculte.

Lorsque, après une station au bain, je me trouvai dans du linge et des habits propres, empruntés à la garde-robe de mon père, — les Prussiens de passage ayant pillé tous mes effets, — et assis devant une table copieusement pourvue, je me crus dans un autre monde. Il me fallut un certain temps pour me réhabituer à ce bien-être tout nouveau, que j'appréciais maintenant d'autant plus que j'avais plus souffert.

FIN

TABLE DES MATIÈRES

Émile Colin. — Imprimerie de Lagny.

AUTEURS CÉLÈBRES
A 60 CENTIMES LE VOLUME

La collection des *Auteurs célèbres* à **60** centimes le volume a été créée en 1887. Son but est de mettre entre toutes les mains de bonnes éditions des meilleurs écrivains modernes et contemporains. Avec des caractères très lisibles, sous un format commode et digne de tenir une belle place dans toute bibliothèque, il paraît chaque semaine un volume qui constitue toujours un tout complet. Depuis la fondation de cette publication, plus de **cinq millions d'exemplaires** ont été répandus dans l'univers. Elle a exercé une influence incontestablement heureuse sur la diffusion du goût de la lecture dans toutes les classes de la société, en même temps qu'elle a propagé à l'étranger l'usage et l'action de la langue française. C'est là un beau résultat.

Voici la nomenclature complète des ouvrages composant à ce jour la collection des *Auteurs célèbres,* à laquelle collaborent toutes nos célébrités.

SOULIÉ (FRÉDÉRIC)....... Le Lion amoureux.
SPOLL (E.-A.)............ Le Secret des Villiers.
STAPLEAUX (L.)......... Le Château de la Rage.
STERNE.................. Voyage sentimental.
SWIFT.................. Voyages de Gulliver.
TALMEYR (MAURICE)..... Le Grisou.
THEURIET (ANDRÉ)....... Le Mariage de Gérard.
    —   Lucile Désenclos. — Une Ondine.
    —   Contes tendres.
TOLSTOI (COMTE LÉON)... Le Roman du Mariage.
    —   La Sonate à Kreutzer.
    —   Maître et Serviteur.
TOUDOUZE (G.).......... Les Cauchemars.
TOURGUENEFF (I.)....... Devant la Guillotine.
    —   Récits d'un Chasseur.
    —   Premier Amour.
UZANNE (OCTAVE)........ La Bohème du cœur.
VALLERY-RADOT.......... Journal d'un Volontaire d'un an.
                         (Ouvrage couronné.)
VAST-RICOUARD .... La Sirène.
    —   Madame Lavernon.
    —   Le Chef de Gare.
VAUTIER (CL.) .... Femme et Prêtre.
VEBER (PIERRE)......... L'Innocente du Logis.
VIALON (P.)............ L'Homme au Chien muet.
VIGNON (CLAUDE)....... Vertige.
VILLIERS DE L'ISLE-ADAM. Le Secret de l'Échafaud.
VOLTAIRE .... Zadig. — Candide. — Micromégas.
XANROF .... Juju.
YVELING RAMBAUD....... Sur le tard.
ZACCONE (PIERRE)....... Seuls!
ZOLA (EMILE)........... Thérèse Raquin.
    —   Jacques Damour.
    —   Jean Gourdon.
    —   Sidoine et Médéric.
    —   Nantas.
    —   La Fête à Coqueville.
    —   Madeleine Férat.

(Envoi franco contre mandat ou timbres-poste français.)

EMILE COLIN — IMPRIMERIE DE LAGNY

AVIS DE L'ÉDITEUR

Le but de la collection des *Auteurs célèbres*, à **60 centimes** le volume, est de mettre entre toutes les mains de bonnes éditions des meilleurs écrivains modernes et contemporains.

Sous un format commode et pouvant en même temps tenir une belle place dans toute bibliothèque, il paraît chaque quinzaine un volume.

CHAQUE OUVRAGE EST COMPLET EN UN VOLUME

En jolie reliure spéciale à la collection, **1 fr.** le volume.

(ENVOI FRANCO CONTRE MANDAT OU TIMBR

PARIS. — IMPRIMERIE E. FLAMMARION, RUE RACINE,